Un bonche de historias
bizarras, algunas hasta
terribles, para Paulina.
¡Suerte en Mazatlán!

Pepe Rojo

TIJ -2013

Yonke +Ruido gris.

Primera edición, 2012.

D.R. 2012, Pepe Rojo.

D.R. 2012, Pellejo.

estepellejo@gmail.com

Ilustración de la portada: Mónica Peón.

Diseño logo Pellejo: Nacho Peón.

YONKE
✝
RUIDO
GRIS

PEPE ROJO

Pellejo

YONKE

Antes que nada,
y después de todo,
a Deyanira.

ELLA SE LLAMABA SARA

Estamos jodidos, estamos jodidos, canturreaba Sara mientras corríamos desesperadamente por calles oscuras que no conocíamos. Atrás de nosotros: los malos de la película. Y bueno, ni tan malos; al fin y al cabo Sara había aventado un ladrillo al parabrisas del carro de uno de los tipos (seis, diez, veinte, treinta, cientos, lo juro, eran un ejército), aunque claro, el muy imbécil se lo había buscado. Uno no anda por esta vida diciendo *qué desperdicio de mujer, pinche marimacha* a gente como Sara. Ella sonrió y me dijo, *vámonos de aquí.* Cuando salimos corrió a buscar un ladrillo y lo aventó contra el parabrisas de un carro que estaba estacionado frente a la casa de la fiesta. Obviamente salieron a ver qué había pasado, aunque nosotros ya habíamos empezado a correr porque, para variar, no teníamos carro. Pues bueno, corrimos hasta que sentimos que nuestros corazones iban a estallar. No era un deporte nuevo. Todavía tengo dos cicatrices en la frente porque a un tipo, al que Sara había insultado, decidió que mi cabeza debía besar apasionadamente el pavimento cinco veces. De las primeras dos les puedo platicar con todo detalle, de las otras tres sólo sé porque Sara me contó después. Era el inconveniente de ser el amigo masculino de Sara. Hay tipos tan pendejos que si una mujer los insulta piensan que tienen el derecho de partirle la madre a su amigo, como sucedía comúnmente.

9

Bueno, corríamos por calles con camellón sin saber a dónde iban y tratábamos de cambiar de ruta rápidamente porque nuestros perseguidores tenían que dar vuelta en sus coches, y así sería más difícil que nos alcanzaran. Llevábamos las de perder. Faltaban muchas calles para llegar a alguna avenida donde se pudiera tomar algún transporte público y nuestros perseguidores tenían por lo menos cuatro carros. Además, estaban realmente emputados.

—A ver si la próxima vez mejor ponchas sus pinches llantas— le dije, y ella trató de sonreír. Pero no podía, estaba cansada, y parecía que esta vez sí íbamos a perder. No se oían ni veían carros por ningún lado. Sabíamos que era cuestión de suerte. O llegábamos a un camión y dormíamos en una cama, o nos encontraban y quién sabe qué pasaría.

—Carajo contigo, ni siquiera me dijiste lo que ibas a hacer.

—No mames, siempre te da miedo; además, si te hubiera dicho, no me hubieras dejado. Mejor cállate, no te acuerdes y camina más rápido.

Cuando oíamos un carro tratábamos de parar y escondernos atrás de un árbol o de otro carro y esperar a que pasaran. La noche estaba tranquila aunque hacía frío.

—Además tú eras el que querías venir a esta pinche fiesta. Te he dicho mil veces que me cagan las fiestas en los suburbios. Puros pinches fresas.

Sara seguía reclamando y verla era todo un espectáculo. Estaba sudando y sus ojos brillaban por la sobredosis de adrenalina. Era guapa, bueno, no solamente guapa. Era bonita, y ésa no es una palabra que me guste usar. Lo peor es que era bonita como en los comerciales, como en esa fotografía imaginaria que tiene todo padre al pensar cómo va a ser su hija. Y no había otra cosa en el mundo que Sara odiara más. Tenía un problema con su belleza. Por eso se había rapado. Por eso usaba siempre pantalones holgados, *para que nadie se asome tratando de verme el culo.* Por eso tenía un arete en la lengua, otro en el ombligo, tres en cada oreja y estaba ahorrando para hacerse uno en el pezón. Yo siempre le decía que tarde o temprano tenía que hacerse uno en la vagina. Y siempre respondía lo mismo: *no mames, qué mal gusto, imagínate que pensarían mis hijos, imagínate la chinga en el parto,* y se echaba a reír. Es curioso: mientras más mutilaba su cuerpo, más guapa se veía, y más difícil era no voltear a verla.

Ya pasaron ocho años, y tengo una colección de postales de Sara. Poco a poco ha tenido hijos. Ahora tiene tres y está esperando el cuarto. No conozco a ninguno, pero tengo fotos de todos: dos niños y una niña. Uno se siente tan viejo al acordarse de lo que pasó hace casi una década. Nunca le pregunté si se había puesto el arete en la vagina. Tampoco le pregunté cómo estaban ellos cuando me habló anoche y me dijo que tenía que ir a verla en ese tono de voz al cual no puedes decir que no. Así que aquí estoy, en una carretera que viene de ningún lugar en particular y que seguramente acaba en el fin del mundo. No sé qué espero encontrar cuando vea a Sara de nuevo. No me importa realmente. Ella me llamó, y una vez más hago caso a su llamado.

Aquella noche, justo cuando pensé que estos tipos ya se habían hartado de buscarnos, y que por primera vez ambos teníamos ganas de llegar a nuestras casas, nos encontraron. Todo está borroso en mi cabeza. Recuerdo que dimos la vuelta en una esquina y ahí estaban. Se habían detenido porque no nos encontraban y de repente, como regalo de Navidad, aparecimos Sara y yo. Ni siquiera tuvieron que subirse a sus coches, nos alcanzaron a pie. Nosotros empezamos a correr, pero a media carrera, me caí. Recuerdo que Sara iba ya varios pasos adelante, volteó a verme y miró hacia el otro lado de la calle. No sabía qué hacer. Volteó hacia arriba, gritó *¡carajo!* y regresó a ayudarme a ponerme de pie. Cuando tratamos de correr ya estaban encima de nosotros.

No hay nada peor que los niños ricos de los suburbios. Frente a sus papás son unos ángeles, pero en realidad son unos cerdos. Digamos que a mí me fue bien. Me rompieron dos costillas y me tiraron tres dientes. Estuve dos semanas sin poder moverme de mi cama y les puedo platicar con lujo de detalle el sabor que tienen las defensas cromadas de cuatro modelos distintos de automóviles. Pero a Sara no le fue tan bien. Como buenos animales de caza, hicieron un círculo alrededor de ella y empezaron a empujarla. Ella comenzó a insultarlos (muy imaginativamente, en su estilo) y eso sólo los hacía enojar más. Entre jalón y jalón la empezaron a desvestir. Primero se fue su camisa y después su brassiere mientras el círculo se cerraba a su alrededor. Al final, ella se paró y buscó mi mirada. Todavía no puedo explicar lo que vi en sus ojos. La certeza del condenado, de quien sabe exactamente lo que va a pasar. Después la tiraron al piso, y mientras unos le quitaban los pantalones, otros le agarraban los brazos. En realidad la golpearon poco. Completamente humillada y casi desnuda, empezó a gatear y le empezaron a gritar que ahora sí iba a saber lo que significaba ser mujer y la empezaron a patear. Por fin, uno de los malditos decidió hacer lo que todos sabían que iban a hacer. Mientras otros la detenían él se desabrochó los pantalones y se acostó encima de ella. Es en ese punto donde todo empieza a confundirse. Sara perdió la razón. Empezó a babear, sus ojos se pusieron en blanco y comenzó a golpear su cabeza contra el pavimento. Gritaba *no me pueden hacer nada yo soy la elegida yo soy la elegida y nadie me puede tocar y no me van hacer nada,* una y otra vez mientras golpeaba su cabeza contra el pavimento. Empezó a forcejear más y gritó con una voz que no le conocía, y que espero no oír otra vez en garganta de un ser humano. Pero el tipo ya había olido su presa y sabía lo que tenía que hacer, al fin y al cabo había mucha gente que tendría muchas cosas qué decir si él no se animaba a completar la violación. Comenzó a restregarse contra Sara mientras ella seguía chillando y yo ni siquiera me podía mover. Y entonces Sara, sin dejar de hacer ruido ni repetir lo que estaba diciendo, lo abrazó y empezó a acariciar su cara y su cabeza. Yo no entendía lo que estaba pasando hasta que Sara tomó la cabeza del tipo y lo mordió. El tipo gritó *quítenmela de encima,* y la empezaron a golpear cuando vieron que los dos rostros se empezaban a bañar de sangre pero, al parecer, las mandíbulas de Sara no aflojaban la presión y al final ya no se distinguía el rostro de Sara y tampoco se distinguía el de él: era una sola masa de la cual resbalaba un líquido rojo que brillaba y no dejaba de fluir.

Los gritos ya habían despertado a los vecinos y varias luces se prendieron en las casas que nos rodeaban. Sara estaba convulsionándose en el piso y la dejaron ahí, tirada, en medio de la calle, mientras todos corrían a sus carros. Me arrastré como pude hacia ella y la abracé. Estaba temblando de frío, de miedo y de impotencia.

Sólo repetía una frase: *nunca me dejes sola nunca me dejes sola nunca me dejes sola.*

De toda la gente que prendió la luz, ninguna nos preguntó si necesitábamos ayuda. No sé cómo llegamos a su casa. Sara no hablaba, sólo temblaba y asentía con la cabeza a todas mis preguntas. *¿Segura que quieres que te deje? ¿Estás bien?* Todavía no sé que se debe decir en esos casos. Ella sólo movía su cabeza.

Así que imagínenme quince años después, en una carretera, manejando para volver a ver a Sara, simplemente porque me lo pidió. Aunque llevaba años sin escucharla, reconocí el tono; era exactamente igual al de aquella noche en que nos persiguieron. A pesar de que no eran las mismas palabras, algo había de parecido: *sabía que era yo, sabía que era yo, éste es el hijo que estaba esperando, todos los demás no importan, ven y ayúdame, ya nadie me puede tocar.*

Así que empaqué una maleta para el fin de semana y salí a buscarla.

Todo fue diferente después de esa noche. No peor, pero sí diferente. Ya no salíamos tanto, había algo en las calles que ya conocíamos y no queríamos volver a encontrar. Ella siguió igual que siempre, insultando y peleándose por cualquier cosa. Pero cuando había silencios en la conversación, su mirada se perdía en el piso y sus ojos no reflejaban la luz.

Sólo una vez platicamos sobre aquella noche. Le pregunté qué era lo que le había pasado. No me quiso contestar, aunque antes ya habíamos hablado de algo que me podía dar una idea. De las pocas cosas que recordé agarrar antes de salir fue este cassette. Lo grabamos durante una noche aburrida. No teníamos nada que hacer y ya llevábamos varios tragos encima. Decidimos hacer una grabación de momentos-importantes-de-nuestra-vida. Meto el cassette en el estéreo del carro sin saber bien qué esperar...

—Ok, pregúntame

—No, el chiste es que tú empieces a hablar.

—¿Pero de qué?

—No sé, esto fue tu idea, así que mejor empieza...

—OK, OK, espérame, bueno... un momento importante en mi vida... el primero que se me ocurrió fue el funeral de mi mamá...

—...que estaba más loca que tú...

—Con una chingada, ¿me vas a dejar hablar o no?

—...ya, ya...

—Pues si, mi mamá estaba loca...

—¿Loca cómo están todas las mamás o loca en serio?

—Loca en serio, caso de hospital, mierda en el cerebro, totalmente pirada.

—¿Porqué?

—Bueno, para darte una idea... y conste que esto no pasó nada más una vez. Imagínate que estás en primaria y llegas a tu casa y tu mamá está sentada en un rincón y no ve para ningún lado, simplemente tiene los ojos perdidos. Tú estás en la casa, haces tu tarea y te haces de comer, te pones a ver tele, y tu mamá sigue ahí. Te haces de cenar y te vuelves a dormir, y ella no ha movido ni un dedo. Al día siguiente te levantas para ir a la escuela y tu mamá no se ha movido, está toda babeada y se ha hecho del baño ahí. A ti te da miedo molestarla porque no sabes qué puede pasar y te vas a la escuela. Cuando regresas ya está como si nada, toda la casa está limpia. Cuando le preguntas que cómo sigue se pone a reír, pero no una risa normal, como si se estuviera riendo de algo realmente chistoso, sino una risa como si estuviera llorando y no pudiera parar. Cuando se deja de reír, te dice, *ven, acércate* y tú te acercas y te dice, *te voy a decir un secreto* y acerca su boca a tu oreja, *no se lo vayas a decir a nadie, pero yo ayer era una escoba, y no creas que estoy loca porque realmente era una escoba* y se echa a reír otra vez. No puede dejar de reírse. Tú sientes ganas de golpearla o de decirle que ya se calle pero no te animas porque no sabes como va a reaccionar y te acuerdas de ella y sí, sí era una escoba o era cualquier cosa, cualquier objeto, todo menos una persona. Esto no pasó una ni dos veces, a cada rato. Mi mamá podía ser todo lo que quería...

—...no mames...

—Si, y a veces era un perro, y me daba pena llegar a mi casa para encontrar a mi mamá caminando como si tuviera cuatro patas. Entras a tu casa y todo está oscuro, algo gruñe y tú no sabes qué chingados fue lo que se metió. Agarras un palo o algo para defenderte, prendes la luz y te encuentras a tu mamá ladrándote en el piso, gruñéndote. Lo peor de todo es que le crees, sabes que es capaz de saltar encima de ti y morderte, de hacerte quién sabe cuantas cosas más porque la pendeja está bien loca. Obviamente no quieres que nadie de la escuela vaya a tu casa. No quieres que nadie la conozca. Cuando tu mamá está bien te da pena porque no sabes cuando va a estar mal y cuando está mal sólo esperas que no se meta contigo...

—Así que era mejor que fuera una escoba y no un perro.

—No seas pendejo, si vas a estar chingando, mejor dejamos esto por la paz.

—OK, sigue.

—El primer recuerdo que tengo de mi mamá es de cuando yo estaba muy chiquita. No sé, tenía tres o cuatro años. Se acercaba para acariciar mi pelo. Me decía que después de mí ya nunca más iba a tener hijos porque yo era la que realmente servía, la que podía tener hijos mejores que los que ella hubiera podido tener y por eso ella era tan feliz. No sé, tú te sientes importante o qué se yo. Te hace sentir bien. Pero de pronto empieza a decirme que no se puede morir, que por más que su cuerpo se muera, ella siempre va a estar conmigo. Pero no daba la idea de que iba a ser un angelito o algo así, normal. Sus ojos le brillaban. Me acuerdo mucho del lunar que tenía en la cara. Me decía que cuando la viera hacer cosas raras no era porque estaba loca sino porque se estaba preparando para no morir, que tenía que entrenar para lograrlo y que nunca iba a a estar lejos de mí, que ella cuidaría de mis hijos y que ojalá tuviera muchos, pero que aunque tuviera muchos sólo uno de ellos iba a ser el bueno, que ella me iba a avisar cuál. No sé, como que la entendía o más bien no la entendía y le creía, pero al mismo tiempo sabía cómo era ella y pensaba ojalá te mueras, ojalá no rcgrcscs, no quiero saber nada de ti, pero también se sentía bien que me estuviera acariciando el pelo, y la odias y la quieres y no sabes qué hacer, y le brillan los ojos pero está despeinada y te da, no sé, miedo...

(Silencio. se acaba un lado del cassette. lo cambio.)

—¿Ya?

—Sí, ya, síguele...

—¿En qué iba?

— En que tu mamá estaba bien loca

—Es que ya no sé dónde seguir, mejor pregúntame algo...

—Ok, bueno, ¿cómo se murió tu mamá?

—Es de lo más patético. Antes de morir tuvo sus peores momentos. Es que estaba bien pinche loca. Una vez, unos días antes de que se muriera, le entró en la cabeza que era una aspiradora y no sé por qué me río, pero la casa siempre estaba hecha un asco. Yo trataba de limpiar cada vez que podía. Un día me dijo que me iba a ayudar y bueno, imagínate a tu mamá corriendo por toda la casa y haciendo ruido como, bueno, como una aspiradora, y que de repente se paraba y te volteaba a ver con una sonrisa y yo sabía que con esa sonrisa estaba tratando de encontrar aprobación, como si te tratara de decir, *¿así está bien? ¿lo estoy haciendo bien? ¿a poco no soy una buena madre?* Pobre vieja, estaba bien loca. Al final casi no tenía momentos normales, se la pasaba mal todo el tiempo y yo trataba de evitarla. Ya me la había encontrado bailando desnuda varias veces, o simplemente parada, muerta de frío. Normalmente, regresando de la escuela —ya estaba yo en la secundaria— ni siquiera la buscaba o de plano no llegaba a mi casa con tal de no verla. Trataba de evitarla a como diera lugar, y podían pasar días sin que yo la viera, hasta que una vez llegué de la escuela y me di cuenta que en la casa no había nada desacomodado desde hacía varios días. Eso me sacó de onda, y busqué a mi mamá por todos lados y no la podía encontrar y eso era raro, porque en su locura le daba miedo salir de la casa, y bueno, pensé que ahora sí se había animado. Me sentí tan bien de no tener que lidiar con ella y de que la casa fuera sólo para mí. Me acosté en su cama y prendí la televisión, estoy segura que pensé más de una vez 'ojalá no regrese nunca, ojalá no regrese nunca'. Y en un comercial, todavía me acuerdo, estaban pasando un programa de esos de «Misterios sin resolver», bueno, en un comercial me fui a servir un poco de refresco y abrí la puerta del refrigerador y ahí estaba mi mamá, completamente tiesa, en cuclillas, sosteniendo las rejitas del refrigerador, y entonces traté de tocarla. Estaba helada, completamente fría. Lo primero que pensé fue que yo la iba a tener que sacar de ahí. Pero no la quería volver a tocar. No sé ni cuánto tiempo llevaba ahí porque ya hacia varios días que no la veía. Ella miraba la pared del refrigerador, estaba morada y dura, dura como hielo y chingada madre, no sé que pensó la pendeja, no sé qué chingados se creyó, no sé si pensó que era un pastel o que era comida o un refresco o un pinche puto jitomate, no sé qué pensó la pendeja pero sí sé que se metió desnuda al refrigerador, y que se asfixió y murió temblando de frío o de incomodidad y que era una pendeja, una pendeja...

(Silencio)

—¿le paramos?

—...como veas...

(Silencio)

—¿Qué pedo con el funeral?

—El funeral fue de lo peor. Para empezar vinieron una bola de parientes pendejos y todos me decían que lo sentían mucho, que pobrecita de mí, que ellos me iban a cuidar. Yo los odiaba a todos. Trataba de no llorar porque me cagaba que me vieran llorando. Además me acuerdo del funeral como en las caricaturas, los adultos sólo se ven de la cintura para abajo. Ahí estaba el ataúd abierto, yo no quería ir a asomarme pero la gente me preguntaba si ya me había despedido de mi mamá. Yo no quería, pero casi al final me animé, y bueno, ya no sé si fue así o si así me acuerdo, pero lo siguiente que recuerdo es que estoy parada en una fila para poder ver el ataúd, la gente se tardaba mucho, yo no podía ver adelante porque todos me tapaban, poco a poco me fui acercando hasta que llegué al ataúd y respiré fuerte como para tomar valor. Me acuerdo que tenía que pararme de puntitas para ver a mi mamá, bueno, al cuerpo de mi mamá, y que me asomé y se veía tan bonita. Casi nunca estaba peinada, pero ahora alguien la había peinado y la había pintado y se veía tan bien y yo tenía ganas de tocar su pelo porque se veía tan suavecito. Entonces empecé a pensar si todavía tendría frío y acerqué la mano pero me dio miedo pensar que iba a seguir helada. Se veía tan perfecta. Acaricié su pelo y me di cuenta que no se le veía el lunar. Puse mis dedos en su mejilla. Estaba helada, pero se veía bien y parecía que no tenía maquillaje para taparle el lunar. Entonces abrió los ojos y me dijo: *no te preocupes mi hijita te dije que yo no me iba a morir aunque mi cuerpo se muriera*, y se incorporaba, me tomaba en sus brazos y yo me sentía muy bien porque me daba cuenta que no estaba sufriendo, y la abrazaba y entonces me decía: *acuérdate, tú tienes que tener hijos, muchos hijos para que yo los pueda cuidar a todos ellos*, me decía que ya tenía ganas de verlos. Yo me quería soltar porque tenía mucho frío y no quería que mi mamá los cuidara y ella cada vez me apretaba más mientras decía: *tú eres la elegida, no eches a perder mi sacrificio.* Sentía su mejilla fría como un hielo contra la mía, no sabía qué hacer y empecé a gritar y a llorar, me zafaba de su abrazo y volteaba. Toda la gente me estaba viendo, no había nadie cerca de mí y todos abrían sus ojos como si no lo pudieran creer, entonces volteaba a ver el ataúd y ahí estaba mi mamá, acostada tal y como yo la había visto la primera vez. Entonces me di cuenta que todo me lo había imaginado y me salí corriendo...

(Silencio)

— ...después me dijeron que me había puesto a gritar, que todo lo que pensé que mi mamá me había dicho lo había estado gritando, que estaba diciendo: *no te preocupes mamá, yo soy buena, yo voy a tener hijos para que tu los cuides, y si mamá, yo sé que uno va a ser más importante y no te preocupes mamá, pero de eso yo no me acuerdo na*

(Silencio. El audio-cassette termina.)

Sara y yo teníamos un pacto, y creo que por eso pudimos ser amigos durante tanto tiempo. Sólo había una regla en nuestra amistad: no sexo. Sabíamos que si acabábamos en la cama nos íbamos a convertir en una pareja y entonces nuestra amistad valdría madres. No importaba que todo el mundo pensara que éramos novios, hasta era una forma de protección que nos permitía tener aventuras. A mí nunca me había pelado ninguna chava hasta que empecé a salir con Sara. Pero, bueno, creo que parte de su atractivo se me pegó, y eso me servía para acostarme bastante seguido. Ella nunca me contó de ningún romance suyo. La prohibición del sexo es la regla más difícil que he tenido que soportar en toda mi vida. Varias veces dormimos juntos en la misma cama y me cae de madres que fue bastante difícil aguantarme las ganas. Estoy casi seguro que para ella también era difícil, aunque era un tema del que nunca hablábamos. Creo que sabíamos que si empezábamos a platicarlo íbamos a acabar cogiendo y los dos tratábamos de evitarlo. De una manera u otra pensábamos que lo que teníamos era más importante que cualquier otra cosa. Tratábamos de conservarlo.

Tengo que pararme en la gasolinería, y aprovecho para comer algo. Bajo el paquete de fotos que Sara me mandó como postales, y mientras espero que me traigan la comida, las pongo en la mesa y las acomodo cronológicamente:

POSTAL # 1. Sara embarazada. El pelo le empieza a crecer aunque todavía no es largo. Se ve rara, no se fuera de lo normal, pero no la reconozco, aunque no deja de ser ella. Atrás dice «¿Cómo ves?»

POSTAL # 2. Sara con un bebé en brazos. El bebé se ve como cualquier otro bebé. Nada especial. Sara está volteando a la cámara y parece una madre hecha y derecha. Al reverso dice «Lo mejor de tener un bebé es que sabes que nunca más tendrás que estar sola. Creo que esto me está gustando.»

POSTAL # 3. Un niño de ojos saltones, güero. Sólo tiene camisa, anda desnudo de la cintura para abajo. El niño ve fijamente a la cámara, en sus ojos no hay ninguna emoción. «¿Qué te parece el pequeño perverso?»

POSTAL # 4. Sara embarazada, sentada en una silla, tiene el pelo largo y está pintada de lo más normal. Como cualquier señora que te encuentras en un centro comercial. «Es niña, estoy segura. A ver qué se siente.»

POSTAL # 5. Varios años más tarde. Una niña de unos dos años. Morena. El otro hijo más crecido. Con la misma mirada. Los ojos de la niña son los de Sara, grandes y saltones. «Esto es toda una familia. No había lugar para mí en la foto pero el tercero ya viene en camino».

POSTAL # 6. Sara completamente irreconocible. Es una señora. Cuando recibí esta postal me alegré de no haberla visto. Tiene un bebé en los brazos, por la manta color azul deduje que había sido niño. Él es blanco, de pelo negro. Todavía me sorprende que Sara se haya convertido en una paridora. «El tercero y sigue contando»

POSTAL # 7. Una fiesta de cumpleaños, cinco velas en un pastel para su hijo, el de pelo rubio. Curiosamente ninguno de los tres niños parece estar divirtiéndose. Todos tienen la mirada perdida aunque miran en dirección de la cámara. Los tres son completamente diferentes. «Yo sé que la pregunta obligada es ¿y quién es el padre? Lo único que puedo responder es que su nombre es legión.»

Y eso es todo lo que tengo de Sara. Diez años. Siete postales.

Sólo otra vez vi a Sara romperse. Estábamos en prepa. Ese fin de semana yo había salido de la ciudad y el lunes no había ido a clases. El martes me dijeron que el lunes Sara tampoco había ido, que pensaban que andaba conmigo. Cuando le hablé por teléfono nadie contestó, así que fui a su casa en la tarde para ver qué pasaba. Cuando llegué, toqué la puerta y se abrió solita. Entré a la casa de puntitas, y al parecer, no había nadie. Me metí a su cuarto (que era el mismo que antes había tenido su mamá) y ahí estaba Sara, tirada en la cama. Sus pantalones estaban sangrados, parecía no haberse bañado en varios días. Le hablé y no me contestó, estaba como dormida, completamente apendejada. Había un frasco de pastillas abierto en el buró y, bueno, sacar conclusiones no fue difícil. La llevé al baño, ella ni siquiera se daba cuenta. En la más fiel de todas las tradiciones de borrachera, estuve apretándole el estómago hasta que me aseguré que vomitara todo lo que tenía adentro y un poco más. Después de eso empezó a recuperar el conocimiento, y se puso a llorar incontrolablemente. Todavía estaba medio drogada, así que era difícil entender lo que decía. No podía ni siquiera fijar la vista. Cuando le dije que la iba a llevar al doctor sólo se puso a llorar y a gritar más fuerte. Se calmó un poco cuando le dije que no íbamos a ir al doctor, pero al poco rato empezó a llorar de nuevo. Lo único que le podía entender era que ella nunca quería estar sola, que no había nada peor en este mundo que sentirse sola, que por favor nunca la dejara.

Me quedé abrazándola el resto de la tarde y toda la noche.

Así que bueno, aquí estoy, una noche de un viernes en una ciudad que no conozco, aunque estos días todas las ciudades son iguales, buscando la dirección de una amiga que no veo desde hace diez años.

Encuentro el edificio en el que vive y me quedo sentado en el coche, pensando qué voy a hacer y qué voy a decir cuando la vea. El edificio es uno de tantos, sin ninguna personalidad, un poco más jodido que los demás. Ella vive en un departamento del quinto piso. Me da risa no saber si trabaja o si el mismo tío que las mantuvo a ella y a su mamá sigue mandándole dinero. Me animo y me acerco a la puerta del edificio. Está abierta. Decido subir, aunque antes toco el timbre para avisarle a Sara que ya llegué. Empiezo a subir las escaleras, que no están muy bien iluminadas. Alguien se tomó la molestia de tapar con pintura blanca algunos graffitis y no hizo un muy buen trabajo. Llego a la puerta del departamento de Sara. Hay un número que dice 502. Me quedo parado ahí por un momento. Toco la puerta porque parece que el timbre no funciona y me quedo esperando un rato a que alguien abra, pero nadie lo hace. Escucho que una puerta se abre y sale una señora del departamento de enfrente. Me barre con la mirada. La saludo y le pregunto si Sara se encuentra en su casa. Ella se ríe, y dice que nunca nadie sabe si Sara está, que hace dos días que no la ve, pero que le deja las llaves a su hijo más grande abajo del tapete en el que estoy parado. Le doy las gracias y busco. Efectivamente, ahí están las llaves.

Abro la puerta. Todo está oscuro. Encuentro a tientas el switch de la luz. Lo muevo y nada, todo sigue en la misma oscuridad. Prendo mi encendedor y trato de encontrar un orden en el departamento, que huele espantoso, como si alguien hubiera dejado abierta la puerta del refrigerador lleno de comida podrida. Me caga acordarme del refrigerador porque me acuerdo de la mamá de Sara, no sé si la locura es hereditaria, pero si sé que la familia es cabrona. El encendedor me muestra poco: un departamento que me recuerda lo que Sara me había contado de su casa cuando su mamá vivía. Nadie se había preocupado por limpiar en un buen rato. Hay una puerta a mi lado. Toco y nadie contesta. Entro a un baño chiquito, sucio. Creo que me estoy acostumbrando al olor. No huele como debería por su aspecto. Salgo del baño y me encuentro otra puerta, entro sin tocar. Es el cuarto de un bebé. El olor se agudiza.

Hay unos cuantos juguetes sobre un mueble y una cuna al fondo. Me tapo la nariz y me acerco a la cuna. Hay un bebé con el pelo negro, tapado y volteado hacia la pared. O por lo menos un bulto que parece un bebé viendo hacia la pared. Me acerco. Lo toco. No se mueve. Lo volteo, se destapa y me encuentro con un bebé como esos que sólo ves en las fotos de un país africano cuando hay sequía. Tiene la panza hinchada y te da la impresión de que podrías contar todos sus huesos si realmente te lo propusieras. El bebé está morado, completamente frío, le muevo un brazo y se mueve todo el cuerpo porque está duro como una piedra y frío como la noche. Pienso que debe ser el viento y que yo ya no sé que es lo que está pasando aquí. Empiezo a vomitar. No puedo controlarme. Me duele el estómago pero lo tengo que vaciar, quizá para distraerme y no voltear a ver el cadáver de un bebé de pelo negro que mira fijamente el techo.

Salgo y me golpeo contra una mesita. Todavía con el estómago revuelto, me encuentro con otra puerta y lo pienso dos veces antes de abrirla. Es un cuarto con dos camas que están tendidas. Me acerco y paso la mano por encima de una de ellas: está llena de polvo. Hace mucho tiempo que nadie duerme en ella. Abro la cortina para que entre un poco más de luz y no quiero ni voltear porque sé que me hacen falta dos niños, pero parece que el cuarto está vacío.

Me siento en la cama para calmarme un poco, pienso que voy a volver a vomitar. Siento cómo los ácidos me queman el estómago. Me doy cuenta que el clóset no está bien cerrado y por reflejo, o no sé por qué, me paro a cerrarlo. Cuando trato de hacerlo me doy cuenta que está atorado y entonces trato de cerrarlo con más fuerza. Estoy golpeando algo. El golpe es seco. Hay algo que me impide cerrar el clóset. No quiero pensar y estoy más preocupado por cerrarlo que por encontrar a Sara, buscando hacer cualquier cosa con tal de no pensar. Agarro la cosa que está bloqueando el clóset: está fría, tiesa. Es un pie. Es el pie de un niño. Grito una vez y abro el clóset: ahí están los otros dos hijos de Sara, amarrados de espaldas, desnudos, abrazados como contorsionistas. Hay sangre en sus muñecas y sus posiciones son tan poco naturales y no quiero ver y cierro la puerta del clóset de un golpe. Puedo escuchar como se rompen los huesos del pie. Salgo rápidamente del cuarto y corro hacia la puerta, me vale madres que Sara haya sido mi amiga, yo sólo sé que me tengo que largar de aquí, no me importa lo que pasó, no me quiero enterar. Cuando llego a la puerta oigo una voz.

¿Ya llegaste? Sabía que vendrías. No entiendo todas las palabras porque la voz es casi un susurro, como el ruido que hacen dos telas al tocarse. Me quedo parado en la puerta, de espaldas a la voz y me acuerdo de Sara. Su voz no ha cambiado. *Que bueno que estás aquí, yo no sé porque tardaste. Estoy tan contenta, ayer mi mamá vino a platicar conmigo y me dijo que éste era el hijo que habíamos estado esperando por tanto tiempo, y también me dijo que yo no me iba a tener que preocupar. No sabes la falta que me has hecho estos últimos años,*

pero ahora sí ya no nos vamos a dejar de ver. Me volteo y camino hacia donde se oye la voz, que es débil y está entrecortada por jadeos. Viene de una puerta que no había visto antes. Estoy llorando. No sé por qué tiene que pasar el tiempo y por qué nos tenemos que hacer viejos. No sé si quiero ver a Sara, prefiero pensar en una adolescente rapada a quien le gustaba comportarse como hombre y que se podía divertir y pasársela riendo noches completas porque aunque su vida era una mierda, todavía encontraba motivos para pasársela bien. Abro la puerta. El cuarto está completamente oscuro y pregunto *¿Sara?* Parece que no me oye porque sigue hablando. *Espera que la veas, es la niña más bonita que te puedas imaginar, y se parece tanto a mi mamá, y yo sé que mis otros hijos no la querían y por eso los tuve que castigar. Había estado esperando esto desde hace tanto tiempo, pero sé que mis hijos lo van a entender y que cuando la vean se van a enamorar de ella igual que tú, sólo espera a que la veas.* Me acerco a tientas, porque no veo nada. No creo que haya ido a un hospital a tener el bebé. Le empiezo a dar la vuelta a la cama, la voz proviene del rincón más lejano. Hay un ruido que no puedo distinguir, como una respiración lenta y entrecortada, como si alguien intentara aspirar aire con la nariz tapada. Piso algo raro. Siento que me paré en un charco viscoso. Volteo a ver a mis pies. Todo el suelo está mojado. Con la poca luz que entra por la ventana puedo distinguir mi reflejo en el líquido, que se siente pegajoso y que tiene coágulos o pedazos de yo no se qué y no quiero pensar y empiezo a seguir el líquido con mi mirada mientras escucho su voz: *vino a ayudarme con el parto, y yo sabía que gracias a ella todo iba a salir bien y que no habría ningún problema.* Me encuentro con los pies de Sara, no sé porque los reconozco, pero alzo la mirada. Ahí está ella, tirada en un rincón con las piernas abiertas, su vientre desinflado como una fruta podrida, su cabello sucio y sin brillo, sus ojos grandes que parecen decirme «estoy feliz». Me echo a llorar, me da asco pero es Sara. Ella está sonriendo y sigue diciendo cosas: *ya no encuentro a mi bebé, no sé dónde está y que bueno que llegaste porque voy a necesitar ayuda porque ya todo va a a cambiar y tengo que conseguir un trabajo y tengo miles de planes pero no sé por qué no me he podido parar de aquí, pero ahora sí ya nunca más voy a estar sola.* Ahí está tirada la patética criatura, encima de un charco que supongo es el líquido de la fuente, pero ella no tiene al bebé en sus brazos y en ese momento me doy cuenta que la respiración que estaba oyendo no podía venir de ella. *No encuentro a mi hija porque se me resbaló de las manos, creo que fue a buscar algo, pero no me preocupa porque sé que mi mamá la está cuidando.* La respiración se escucha debajo de la cama. Apenas es audible. *Por favor dile que regrese porque tengo ganas de abrazarla.* Me agacho para ver que hay debajo de la cama y me resbalo, tengo que apoyarme con la mano, que se llena del líquido viscoso. Siento cómo mi estómago empieza a contraerse y respiro hondo. *Vamos a ser tan felices todos juntos aquí, mis hijos, mi mamá, tú y yo.* Me asomo bajo la cama. El olor es insoportable. No se ve nada pero la respiración viene de ahí abajo. Tomo mi encendedor y no puedo prenderlo. Cuando por fin lo logro me encuentro con un bulto que trato de jalar para sacar de abajo de la cama. Por suerte está caliente y no frío como los demás, quizá tengo tiempo para llevarlo al hospital. Lo jalo. Está húmedo. Sólo intenta respirar, ni siquiera llora. *¿Ya la encontraste, verdad?* Cuando la cargo la veo bien y empiezo a vomitar porque el bebé no tiene piernas, no tiene boca, sólo tiene un brazo y no sé cómo puede estar vivo. Trata de jalar aire y su pecho se infla como un globo que está a punto de reventar. Tiene un lunar que le cubre casi por completo la cara. No llora y eso es lo que más me sorprende. Algo no está bien, algo no está bien y es lo único que puedo pensar. Agarro al bebé de la pierna, cola o lo que sea y lo azoto contra el piso. Es mejor que no viva. Lo aplasto con el pie mientras lloro y siento como si estuviera pisando una fruta, mi pie se hunde en él. El bebé no hace ni un ruido, sólo intenta respirar. Lo piso y lo vuelvo a pisar hasta que dejo de escuchar su respiración. Estoy sudando, estoy empapado, el cuarto es un mar gigantesco lleno de líquidos, sudor, sangre, lágrimas y quién sabe qué más. Abajo, en el suelo, hay una cosa que nunca debió de haber sido. Oigo una risa que parece llanto y escucho una voz que pregunta: *¿qué pasó, qué pasó, tráeme a mi bebé.* Y yo sólo puedo decir tu bebé ya no existe, ya no vive. Sara se pone a llorar y a gritar como si estuviera loca, *no me quiero quedar sola no me quiero quedar sola.* Me acerco a ella y ya no se qué está pasando. Siento que el poco contacto que tengo con la realidad se vuelve tan resbaladizo como el piso. Sara me ve a los ojos. Está fría y me toma del brazo y me dice: *ven conmigo, no me dejes, sujétame, por favor hazme el amor, vamos a* *hacer otro bebé, no quiero estar sola nunca, no me dejes, ya no oigo a mi mamá, vamos a acabar lo que empezamos, déjame sentirte, hazme el amor, hazme un bebé por favor,* y todo huele a humedad y me siento tan encerrado como si estuviera en un útero. La noche es tan oscura que sólo puedo ver el brillo en los ojos de Sara. Nada más importa porque ella es lo único que he tenido en la vida, y empiezo a acariciar su pelo, no puedo dejar de llorar, toco sus senos y siento que sale líquido de ellos, bebo un poco y la empiezo a besar. Ella responde a mis besos y sé que ella es Sara la del pelo rapado, la de los mil aretes y no otra cosa que el tiempo pervirtió. Me desvisto y la acaricio. Ella responde y me empieza a tocar, y la abrazo y la beso y la toco mientras ella sigue repitiendo: *necesito otro hijo necesito otro hijo, hazme lo que siempre quisimos hacer.* Y yo no encuentro otro sentido en la vida más que hacerle el amor.

Y DE PRONTO

Todo empieza con mi ojo. El despertador grita como una puta acuchillada, me levanto sobresaltado, y con un pequeño *plop*, mi ojo se sale de su cuenca y rueda sobre las sábanas. Maldigo mi suerte, pero como ya es tarde, tomo el glóbulo ocular —que por cierto parece mirarme como si estuviera recriminándome algo—, y lo guardo en el cajón del buró. Después entro a la regadera y se acaba el gas, dejando el agua tan helada como el iceberg que hundió al Titanic.

Salgo a la calle y me encuentro con una masa de pelos, sangre y vísceras. Alguien atropelló al perro del vecino justo enfrente de mi casa. Supongo que alguna persona lo va a tener que limpiar en el transcurso del día, así que subo a mi carro y lo prendo. La marcha hace un ruido extraño que inmediatamente me hace pensar en el chillido del perro cuando fue atropellado. Después, un silencio absoluto. Muevo la llave tratando de echar a andar el motor y, exceptuando un sordo *click*, el silencio es tan absoluto como el que se podría encontrar en un campo de batalla sembrado por cadáveres.

Tomo mi portafolio y decido caminar hacia la parada de autobús más cercana.

Rumbo al camión, me encuentro con unos trabajadores que están utilizando una de esas máquinas que son como un taladro gigante y con las que se hacen grietas en el pavimento, para después poder levantarlo. Uno de ellos voltea a ver a una muchacha que parece dirigirse —al igual que yo— hacia la parada de camiones. El otro aprovecha la distracción de su compañero y empieza a taladrar su pie. Después, fingiendo que lo siente, se disculpa amablemente. Mis pies, asustados, empiezan a caminar por su propia voluntad y me dejan a la mitad del camino, mientras se alejan rumbo a un parque cercano.

Unos pasos adelante recuerdo que hace una semana un niño murió en ese mismo parque al caerse de un columpio.

En el camión, me doy cuenta que voy a llegar tarde a mi trabajo, y empiezo a comerme las uñas. Como eso no satisface mi ansiedad, le pido unas pinzas a un plomero que va sentado junto a mí y empiezo a arrancarlas, de raíz, una por una. Todos sonríen amablemente cuando se encuentran con mi mirada.

Uno de los pasajeros protesta porque el chofer va manejando muy lento, y empezamos todos a gritarle que acelere. Entonces empieza la acción. El chofer, herido en su orgullo, rebasa por la izquierda, por la derecha y se lamenta gritando que es una desgracia que los automóviles no puedan pasar por arriba de otros, como parece sugerirle el conductor del carro que está frente a nosotros, y a quien el chófer le está pitando el claxon, incitándolo a que se pase el semáforo.

El automovilista prefiere hacerse a un lado antes de romper cualquier ley, y mientras el autobús lo rebasa, todos nos asomamos por la ventana y le gritamos en coro: *¡Mariquita, mariquita!*

Al pasarnos el semáforo, varios coches tienen que frenar abruptamente y logramos hacer una carambola de cuatro automóviles. Todos vitoreamos el chófer cuando vemos el hongo de humo formarse al explotar uno de los coches. Un pasajero asoma su cabeza para gritar algo a un peatón cuando el chofer da un rápido giro y pasa a unos centímetros de otro camión que va en dirección contraria. La cabeza del pasajero queda cortada y rueda por la calle como una pelota de fútbol. El chofer dice a todos los pasajeros: *¡Con calma! Estamos haciendo muy buen tiempo. No pierdan la cabeza.* Y todos lloramos de risa hasta que las lágrimas hacen que el mundo se vea borroso.

Cuando llego a mi parada, me despido efusivamente de todos los pasajeros y me encamino a la oficina.

En mi trabajo, nada ha cambiado. Están cortando cabezas y corriendo a gran parte del personal. Se rumora que veinte empleados se han suicidado en los últimos días aventándose por la ventana, como en la depresión de principios de siglo. Como todos los días, trato de hacerme pequeño y pasar inadvertido, creyendo que si nadie me ve ni sabe de mi existencia, nadie puede correrme. Esto se me dificulta enormemente porque mis orejas se la pasan cayéndose, y a veces tengo que perseguirlas entre los escritorios. Decido solucionar la situación y le pido a una secretaria que me preste un poco de diúrex para pegarlas. Por desgracia, no puedo escuchar su respuesta, así que se lo arrebato y hago el mejor trabajo que puedo colocando mis orejas en su lugar correspondiente.

En el radio de un compañero, escucho que una gran desgracia ha ocurrido el día de hoy, y me emociono pensando que quizás alguien se enteró del incidente con mi ojo, mis pies y mis orejas. Me decepciona escuchar que demolieron un edificio con dinamita, y que olvidaron avisar a todos los inquilinos que vivían en él.

En el radio empiezan a hablar del exterminio indígena durante la Conquista y me identifico inmediatamente con los conquistadores. Lo mismo me pasa a mí cuando llego a un lugar público. ¡Quémenlos a todos! ¡Clávenlos en estacas! ¡Crucifíquenlos! ¡Avienten sus órganos para alimentar a los perros! ¡Instituyan lobotomías obligatorias! ¡Rápenlos y cástrenlos! ¡Utilicen su piel para hacer lámparas! ¡Su grasa para hacer jabones! ¡Su historia para que la humanidad llore y se arrepienta dentro de unos siglos!

El día se ha acabado rápidamente y sin mayores incidentes. Mis orejas por fin quedaron acomodadas gracias al diúrex, y de no ser por mis pezones, que se han resbalado por mi estómago hasta acomodarse arriba de mi ombligo formando un rostro que parece una caricatura, el día parece normal. Cuando levanto la vista de los documentos en los que había estado trabajando, me doy cuenta que mi silla está rodeada de pelos. Me miro en el reflejo que produce la superficie fría del café que no me acabé en la mañana y me doy cuenta que estoy casi completamente calvo.

Miro la mano que sostiene la tasa y es la mano de un anciano, formada por un laberinto de arrugas donde se acumula cada vez más piel muerta. Recuerdo que una vez leí que el problema con la piel es que la parte exterior, la muerta, no se cae fácilmente, así que las arrugas de los ancianos son puras células muertas que al quitarlas pueden revelar una piel como la de un niño. Inmediatamente me paro para ir al baño y hacer algo al respecto. Corro con suerte: la señora que hace la limpieza (y que jura que la Coca Cola caliente sabe a sangre), dejó su cubeta de limpieza aquí. Tomo una piedra pómez y empiezo a tallar, declarando una guerra informal a las células muertas. Veo cómo van cayendo poco a poco al suelo. Mato a generaciones completas de células que viven en mi cuerpo. Familias enteras aniquiladas en segundos. Tallo y tallo más hasta llegar a la raíz. Esto es genocidio. Es el exterminio total de civilizaciones completas de células muertas que habían construido su cultura en mi cuerpo. Si guardo silencio al tallar, puedo oír a miles de células muertas gritando en la agonía de una segunda muerte. Alguien toca la puerta del baño enérgicamente demandando saber qué ocurre adentro. En ese momento me doy cuenta que el que está gritando soy yo.

Balbuceo algo y acabo mi limpieza. ¡Es cierto, mi piel es como la de un bebé! No sólo como la de un bebé, es como la de un recién nacido. Rosada, ¡no! Es más que eso, es casi roja. Resplandece con la humedad de la nueva vida, brillando con el orgullo de una segunda oportunidad. Salgo sonriendo a esperar que pase la última hora y media de trabajo.

Empiezo leyendo una revista que alguien dejó ahí. Dos cosas me llaman la atención. Un artículo habla sobre la Inquisición y la matanza de brujas. Dicen que una de las pruebas para descubrir si una mujer era bruja o no consistía en atarle una piedra y arrojarla a un lago. Si la mujer salía a la superficie, entonces se confirmaba su estatus de bruja. Si no salía nunca más, se confirmaba su inocencia. Junto a ese artículo venía otro, en el que un periodista decía que no entendía el mundo actual, ya que todos aquellos que estaban a favor del aborto estaban en contra de la pena de muerte, mientras que todos aquellos en contra del aborto, apoyaban la pena de muerte.

Después, todo empezó a suceder demasiado rápido. ¡Crash! Mi computadora se ha crasheado. Conté un chiste a mis compañeros y nadie se rió. Descubrí que alguien había puesto un ratón muerto en el cajón de mi escritorio donde guardo los dientes que se me caen en el transcurso del día. La empresa decidió reducirnos el sueldo y el café de hoy sabe a mierda. A mi compañero de al lado se le murió su esposa, al de enfrente su madre, al de atrás su hija. Un científico comprobó algo que sospechaba, el cristal no es más que hielo extremadamente congelado. Todos los escritorios se derrumbaron a causa de la polilla. La secretaria me dijo que mi ropa no combinaba, el jefe que mi trabajo no servía, el bolero que mis patas apestaban.

Antes de salir, llega un memorándum a mi escritorio. Dice que por mis descuidadas costumbres sanitarias —y me imagino que hablan del incidente del baño—, ya no puedo trabajar más en la compañía. Recojo mi escritorio y tomo el frasco con todos los dientes que se me cayeron. Ya en la calle, y en un momento de generosidad, se los regalo a un niño que me pide dinero para comer un taco. Sus ojos se llenan de lágrimas y me agradece el regalo. Se aleja rápidamente gritando: *¡Canicas!*

Decido visitar a mi amante. Rumbo a su departamento, me doy cuenta que un líquido está mojando mis codos y mis rodillas y de pronto, mis articulaciones dejan de funcionar. No puedo doblar ni mis brazos ni mis piernas. Sigo caminando con determinación y trato de sonreírle a la gente con la que me cruzo, esperando encontrar consuelo entre las piernas de mi amante. Hago un recuento de todas las pérdidas del día de hoy, cuando de repente, me doy cuenta de algo en lo que no había pensado...

¡Que maten a mis padres, que violen a mi esposa y que torturen a mis hijos! ¡Que despellejen a mis amigos, que castren a mis compañeros, y que introduzcan un fierro caliente en las partes sensibles de todas las mujeres a las que he amado! ¡Que claven agujas en los ojos de mi maestra preferida de primaria, que hiervan viva a la única mujer que me sonrió en la secundaria, que llenen de cemento la boca del único amigo que me escuchó en prepa pero por favor, *por favor*, que no le pase nada, que nada le suceda, que *eso* no corra ningún riesgo! ¡Qué no se me caiga el pene!

Llego sudando al edificio de mi amante y subo, sobra decir que a costa de un gran esfuerzo, al piso donde ella vive. Esta es normalmente la mejor parte del día, donde se me olvida todo y puedo tomar fuerzas para enfrentar sin miedo los días que están por llegar. Donde me siento vivo y completo una vez más.

Toco ansioso la puerta del departamento mientras miro, de reojo, como el portero asesina con un hacha a la pareja de ancianos que vive enfrente. Me volteo rápidamente. Nunca me ha gustado inmiscuirme en la vida de otros.

Me doy cuenta que llevo horas tocando la puerta y que nadie responde, así que cuando pasa el portero le pido amablemente su hacha y tiro la puerta. Me encuentro ante un departamento completamente vacío. En el piso, en el centro de la casa, junto a dos dedos de mi pie que se me habían caído y que nunca pudimos encontrar, me encuentro su nota de despedida, informándome que nunca más quiere verme... o escuchar una palabra mía... o guardar cualquier recuerdo de nuestra relación.

Entro en la recámara, y teniendo como testigos a cuatro paredes vacías, dos ventanas y un techo, me suelto a llorar. Escribo en la pared, con la sangre de mis dedos, una carta de amor para que nadie la lea.

«Tus ojos brillaban con el fuego que calentaba los hornos de Auschwitz, tus senos eran Sodoma y Gomorra, tu cintura asemejaba la silueta de una horca, el triángulo de las Bermudas estaba entre tus piernas. En tus brazos sentí un calor más intenso que el que provocó la bomba en Hiroshima, el Titanic se hundió porque chocó contra tu indiferencia y tu despecho provocó miles de incendios en el mundo entero. Tu caminar era la causa principal de los temblores en esta Tierra y tu sonrisa secuestró y asesinó a más humanos que cualquier dictadura. No hay sequía más grande que tu ausencia.»

Horas más tarde, decido no tomar el camión rumbo a casa para poder caminar y así pensar. Deseando poder dormir, empiezo a recordar los sueños que he tenido últimamente. La noche pasada soñé que era el primer día de clases y que llegaba sin pantalones ni calzones al salón. Soñé que cientos de aviones caían, uno tras otro, en esta ciudad. Soñé que estaba en el mar, descansando, mientras el sol quemaba mi rostro y mi cuerpo se disolvía en el oceano.

Sin darme cuenta, mi cabeza choca contra la rama de un árbol y se cae, rebotando enfrente de mí. La recojo, la tomo entre mis brazos, y cargándola como a un bebé, me apresuro para llegar a casa.

Me meto a la cama después de haber acomodado mi cabeza como Dios me da a entender y prendo la TV para arrullarme mientras escucho las noticias .

Espero que mañana sea un mejor día.

DEL DESEO Y SU CURA

¿Desear? Yo no sé qué es desear. Es más, a veces siento que el día que empiece a hacerlo no voy a terminar nunca. A mí no me gusta que las cosas empiecen: decididamente me siento más cómoda cuando acaban.

No me gusta menstruar. He oído mil veces que es normal, que es algo a lo que me tengo que acostumbrar, pero realmente no me gusta. La regla me hace sentir sucia, como si fuera un castigo por algo que hice, o quizá es un castigo por algo que no hice. Pero al fin y al cabo simplemente sucede, sin importar si yo lo quiero o no.

Hoy, por ejemplo, me doblé del dolor en el quirófano. Tuve que salir corriendo y todo el mundo se me quedó viendo. Ya no aguantaba el olor a formol, a medicinas. Afuera me calmé un poco, hasta que el sol empezó a quemar mi piel y tuve que regresar. La Señora me dio permiso de descansar en mi cuarto y estuve toda la mañana aquí, tirada en la cama, haciendo nudos con mi pelo. Casi no comí y en la tarde, como me sentía mejor, regresé a trabajar.

Lo peor de todo es que no puedo dormir. La cortina deja pasar un poco de luz del farol que está afuera de mi cuarto. No importa, sé que de todos modos tengo que esperar hasta más tarde.

Después de cenar subí a mi cuarto y me acosté. Son las once de la noche, la Señora no debe tardar. Escucho sus pasos en el pasillo. Me volteo, alejándome de la puerta y me hago la dormida, tal como ella lo prefiere. La puerta no hace ruido al abrirse, pero yo sé que ya entró. Siento como la cama se hunde cuando ella se acuesta y me imagino su cuerpo, grande y gordo, tratando de no hacer ruido mientras se mete en la cama. Las puntas de sus dedos empiezan a acariciarme la espalda, desde los hombros hasta mis piernas. Se siente bien. Después, empieza a besar mi cuello mientras sus manos levantan mi camisón y me rodea con sus brazos. Me hace sentir protegida. Acerca su boca a mi oído y, casi en silencio, me pregunta: «¿me estabas esperando, Tanya?» Y yo asiento con la cabeza, con los ojos cerrados. Después, empieza a frotar mis pechos. Sus manos pequeñas y gordas trazan círculos alrededor de ellos, cubriéndolos por completo. Siento cómo algo empieza a chupar mi espalda, mientras ella me sigue diciendo cosas al oído. Siento dos pequeñas bocas que humedecen mi espalda y la Señora me voltea y pone su cuerpo sobre el mío. No me gusta que haga eso. No me deja respirar. Siento que me va a aplastar. Pero sigo con los ojos cerrados, esperando que esto acabe.

Nunca la toco y ella nunca me lo pide. Pero puedo sentir su cuerpo, que cae sobre el mío y lo tapa, envolviéndolo por completo. Su piel siempre cae por mis costados. Está tan gorda que a veces siento que si intentara tocarla, su cuerpo se tragaría mi brazo completo. Pone su cara en mi cuello, entre mi hombro y mi rostro mientras sus manos tocan mi cuerpo y vuelvo a sentir la humedad. Dos pequeñas bocas recorren mis piel, y cuando encuentran mis pezones, empiezan a succionar. Por eso siempre mantengo los ojos cerrados, porque no quiero ver qué es lo que me está tocando. Me quita los calzones mientras yo sigo pretendiendo estar dormida y su boca empieza a bajar por mi cuerpo. Las bocas que succionaban mis pezones dejan rastros de humedad en mis costillas.

Es difícil describir lo que siento. No puedo más que sentir agradecimiento por la Señora. Si no fuera por ella, ¿dónde estaría yo? Me hace sentir bien, aunque a veces me gustaría poder opinar algo sobre esto. Pero ella sabe cuándo estoy menstruando y parece adivinar cada vez que le voy a comentar algo sobre el asunto, y entonces me mira de tal manera que entiendo que es un tema del cual no se puede hablar.

Su cara está en mi estómago y yo estoy ansiosa. Quiero que acabe. Hay gotas de sudor en mi rostro y mi cuerpo se mueve por sí solo. En la oscuridad, siento que me voltea a ver, y lo único que distingo son sus ojos, dos puntos negros que brillan y puedo jurar que está sonriendo.

Después, ella bebe de mí.

Nunca me ha interesado dar. La evolución es una perra egoísta que sin pensarlo dos veces se come a sus hijos cuando tiene hambre. La perra necesita, yo deseo. Esa es toda la diferencia que hay entre nosotros. La vida humana es la de la inteligencia sirviendo al deseo. Nunca me ha interesado dar.

Sólo sé tomar. Tomar lo que deseo.

La rutina es simple. La clave es mantener un rostro inexpresivo, siempre ocupado, incapaz de traicionarse a sí mismo. Te asomas a la puerta, miras la lista, y dices el nombre. Uno de tantos. Y no importa a quién corresponda. A una mujer de 40 años o a una niña de quince, siempre puedes reconocer quién fue la que dio el nombre, falso o verdadero. Su cuerpo las traiciona. La piel se hace varios milímetros más delgada y su rostro deja asomar los huesos; la palidez invade sus caras, marcando las ojeras que enmarcan los ojos, hinchados e irritados, que a su vez sirven como cuadro para unas pupilas que se dilatan y te miran directamente. Además, siempre aprietan algo fuertemente. Ya sea la mano de su acompañante o su bolsa cuando van solas. A veces es su falda o el pedazo de papel con el que se les había indicado su cita. Lo aprietan con fuerza, como si fuera lo único fijo en un mundo que empieza a dar vueltas y amenaza con tragarlas. Como si fuera una cruz; aunque claro, nadie trae cruces aquí.

Y les tienes que decir: «pase, por favor», aunque ellas ni siquiera hayan respondido. Eso las asusta a veces: piensan que de alguna misteriosa manera sabes quiénes son y por qué están haciendo esto. Las pasas al cuarto y les pides que se pongan una bata azul. Algunas se apenan. Lo mejor que puedes hacer es voltearte, aunque sea para darles la ilusión de que todavía hay pudor. Entonces empiezan las confesiones. Y ése es quizá el peor momento de todos, donde más las puedes ayudar, pues eso que te dicen, esa justificación, esa débil esperanza de razón es lo más importante que tienen. Es lo que van a repetir durante varias noches seguidas para poder dormir tranquilas. Pocas aceptan que eso es lo que quieren. Normalmente dan miles de razones. Que esto, que lo otro, que mi esposo, que mi trabajo, que la vida y este mundo cruel. Siempre hay razones afuera de ellas. Pocas dicen que lo decidieron y ya. Es más, las que saben eso ni siquiera te hablan. Van a lo que van. Prefiero esas mujeres. Saben que es un inconveniente y que, además, es bastante molesto, así que prefieren que pase rápidamente para poder seguir con sus vidas.

Después llega uno de los doctores y las anestesia. Normalmente les cuesta trabajo ver a otro hombre. Se ponen nerviosas. Es curioso, a veces siento que algunas, tal vez por el nerviosismo, coquetean o tratan de hacer un chiste para aliviar la tensión, para ser más simpáticas, para no resultar tan repugnantes. Después tengo que prepararlas y siempre es algo penoso para las dos partes. Normalmente, la anestesia ya les está haciendo efecto, y la vergüenza desaparece. En quince minutos estas mujeres me abren su corazón y su cuerpo.

Cuando me avisan, las llevo al quirófano, que es simplemente una manera elegante de nombrar el cuarto donde la Señora lleva a cabo la operación y bueno, debo admitir que mentí, pues el peor momento empieza ahí. La Señora se espera a que estén completamente dormidas y empieza a acariciarlas, lentamente, con sus dedos gordos y amarillos. A veces incluso les susurra cosas al oído, pero nunca he entendido qué es lo que les dice. Con algunas mujeres no hace nada, pero con otras coloca su cabeza entre las piernas y se queda ahí, oliéndolas durante un largo rato, con los ojos cerrados. A mí no me gusta. A veces siento celos y creo que ella se da cuenta. Quiero que me mire así sólo a mí.

La Señora, con su bata blanca, se asegura de que la paciente esté bien preparada, e inserta el tubo de la aspiradora por el orificio vaginal. Prende el aparato, que con un chasquido húmedo empieza a succionar y a sacar el producto. Minutos después, la operación acaba. Saco a la mujer, todavía inconciente, del quirófano, lejos de la mirada de la Señora. Y vuelvo a empezar.

Esa es la rutina.

A veces me pregunto qué me gustaría hacer con mi vida y nunca encuentro una respuesta que me satisfaga. ¿Viajar? ¿Para qué? No me interesa conocer otras personas ni otros lugares. ¿Enamorarme? Todas las parejas que he visto juntas parecen sufrir, y además, ¿de quién? Dice la Señora que todos los hombres son malos y no es que yo le crea, pero nunca he conocido uno bueno. ¿Estudiar? Nunca he ido a la escuela, todo lo que sé se lo debo a la Señora.

Al parecer, hay muy pocas cosas en esta vida.

Me gusta ver telenovelas con la Señora. Me gusta cómo se ríe, sus carcajadas largas y graves mientras bebe lentamente su medicina. Son momentos como ése en los que me doy cuenta que soy feliz. Ella es un ángel. Es perfecta. Y yo soy afortunada al poder compartir mi vida con ella.

—Tú eres como yo —me dijo ayer, mientras acariciaba mi pelo— pero no te has dado cuenta.

No pude evitar sonrojarme. Ella se dio cuenta y sonrió. Y me empezó a jalar el pelo. Me hizo levantarme lentamente y me acercó hasta que mi cara estaba junto a la suya. Le dio un trago a su medicina, y después, con los dientes rojos, todavía manchados por el espeso líquido, sopló hacia mi nariz.

—¿A qué huele, Tanya, a qué huele?.

Yo no sabía qué decir, estaba paralizada.

—Este es el olor de las promesas sin cumplir. Su aroma es el dolor que te hace consciente de la inevitabilidad del dolor. Y no hay nada mejor en este mundo.

La cabeza me dolía, y yo sólo podía pensar que si seguía jalando así, me iba a arrancar el pelo.

—Hay quien come por necesidad, Tanya, yo me alimento para aprender, para gozar.

Agachó mi cabeza de manera que mi oreja quedara enfrente de su boca. Había lágrimas en mis ojos.

—Tienes que aprender lo que es el dolor, Tanya. Tienes que aprender lo que te hace igual a todos los demás. Pero a diferencia de ellos, tienes que aprender a gozarlo, a divertirte con él. A hacerlo tuyo.

Dio otro trago a su medicina y metió su lengua en mi oreja. Yo sentí cosquillas.

Alzó mi rostro y me golpeó con su mano.

—¿Te gusta, Tanya?

Y juro por lo más sagrado que nunca me había sentido tan bien.

El mundo nunca me ha pedido nada. Todo me lo ha ofrecido. Tomo lo que necesito y después un poco más simplemente porque lo deseo. No hay un pasado, no hay un futuro, sólo un presente lleno de deseos. Yo no puedo alimentar, pero sí alimentarme. Sólo se puede desear lo que uno no tiene; y sin embargo, la esterilidad es una maldición bienvenida.

En el sótano de la casa está el refrigerador donde guardamos todo lo que la Señora escoge para su medicina. Cada vez que una mujer llega a la clínica para abortar, la Señora, antes de efectuar la operación, huele a la mujer y así sabe cuál producto va a servir para la medicina. Dice que de no tomarla a diario, moriría. Yo sólo sé que tengo que preparársela.

Ella me ha dicho que en otras clínicas ilegales, como la nuestra, todo lo que le sacan a las mujeres lo echan directo a las cañerías. Dice que es un desperdicio. Cada día tengo que ir al refrigerador en el sótano a tomar un poco del líquido, que está guardado en unos recipientes especiales de metal, fríos al tacto. Normalmente trato de sacar el líquido sin que me toque. No sé, hay algo que no me gusta. No sé si es el olor, o la humedad o el mismo líquido. Pero trato de sacarlo tan rápido como puedo porque hace mucho frío abajo.

Después lo llevo a la cocina y, según las instrucciones de la Señora, le hecho unas gotas de anticoagulante y lo meto en la licuadora. Una vez quise ver el líquido. Es espeso y tiene pequeños pedazos sólidos, suaves al tacto. Eso lo sé porque metí los dedos para sentirlos. Cuando lo tocaba, no me podía imaginar que eso era un bebé, ninguno de los pedacitos parecía la parte de ningún bebé. Simplemente no me lo podía imaginar.

Después de licuarlo perfectamente, guardo el recipiente en el refrigerador y le llevo un vaso a la Señora cada vez que me lo pide.

El deseo es miedo. Miedo a conseguir lo que queremos. Miedo a dejar de desear.

En la noche, cuando le subí a la Señora un vaso con agua para su dentadura, me pidió que me quedara en su cuarto. Para peinarla. A veces me pide que haga eso. No es algo que ocurra muy seguido. Normalmente lo hace cuando tiene alguna gran noticia que darme. O algo que pedirme. Como cuando me explicó todo eso de la menstruación, y cómo iba a subir a mi cuarto durante esos días. O cuando yo era todavía una niña y me explicó cómo preparar su medicina.

Su pelo es suave. Negro, manchado de canas. Ella se sienta frente al espejo y me observa peinarla. Me gusta que me mire. Normalmente no hay ninguna expresión en su cara. Es como si me estuviera estudiando, escogiendo el mejor momento para decirme lo que me tiene que decir.

Mientras tanto, yo deshago los nudos que hay en su cabello. Paso el cepillo, una y otra vez, alisando todo, dejando su pelo suave y esponjado, listo para que ella se duerma. Lo tengo que hacer lenta y cariñosamente para no lastimarla.

—Lo más curioso —me dice—, es que el espejo esté vacío, Tanya. Te puedo ver perfectamente, teniendo cuidado de no lastimarme, concentrada en lo que estás haciendo, mirando mi cabeza, tratando de adivinar todo lo que yo pueda desear para complacerme antes de que tenga que abrir mi boca. Pero lo único que puedo hacer es verte peinando un fantasma. Puedo ver a todos, menos a mí misma.

No me gusta cuando la Señora se pone a hablar así. Hay cosas que no entiendo. Yo la veo perfectamente en el espejo, ahí está, tranquila, grande, tratando de encontrar mi mirada para continuar hablando.

—Ese es el problema, Tanya, mi niña. Cuando no hay nadie como tú en el mundo, no hay espejo para ti. Nada te refleja, no hay manera de compararte. Sólo conoces a las personas cuando te dan, o cuando te fuerzan a tomar, lo que necesitas. No hay una ley que asegure mi lugar en este mundo. No hay nadie a quien pueda voltear a ver para que me diga sí o no. Sin una ley que te nombre no hay espejo. Yo soy mi ley.

Entonces se volteó, y me pidió que me hincara frente a ella. Me empezó a acariciar el cabello. Pasaban los minutos y ella no decía nada, solamente me miraba, y yo me estaba desesperando. Se desabrochó el vestido y acurrucó mi cabeza entre sus senos, y yo sentí que me besaban. Las rodillas me dolían. Puso sus manos, sus gordas manos, en mi barbilla, y alzó mi rostro para que yo la viera.

—Yo te conozco a ti, pero necesitamos otro espejo, Tanya. Necesitamos otra manera de conocernos. Quiero que te embaraces.

Lo que más queremos observar es aquello que nos han prohibido. Y lo que no queremos ver es aquello que hemos utilizado. A pocas personas les gusta conocer su comida cuando todavía está viva. Rehuímos la mirada de aquellos a quienes hemos hecho daño. Basta ya. No hay nada como ver la cara de una persona, sus ojos implorando piedad, justo antes de pasar un cuchillo por su cuello. Hay quienes dicen que eso es poder. Pero no, atrás de esa palabra se encuentra lo que lo define: placer.

Hoy es la noche elegida. La Señora me lo avisó por la mañana. Me dijo que podía oler en mí la capacidad de procrear. Y que los hombres, aunque no lo supieran, también podían olerlo, y que eso me hace irresistible. Me lo dijo antes de ponernos a trabajar. Hoy no fue una mañana de trabajo agradable. Hubo una paciente con quien la Señora estaba muy contenta. Incluso después de la operación, se hincó y lamió la sangre que salía de su vagina. En ese momento la odié. Sólo quiero que haga eso conmigo. Cuando me llevé a la muchacha, la desperté a cachetadas. Cuando abrió los ojos, estaba asustada. Me quedé viéndola fijamente, mientras descubría dónde estaba y qué era lo que había hecho. Después, se puso a llorar. Bien.

La Señora también me dijo que tenía que arreglarme para esta noche tan especial. Que tenía que verme agradable. Y hago todo lo posible. Para verme bien. Sólo espero que con esto la Señora se dé cuenta que no hay nadie que esté dispuesta a hacer todo lo que ella quiere. Que nadie la adora como yo.

Tocan la puerta, apago la luz y prendo unas velas, tal como ella me lo ordenó. Cuando abro la puerta, ella está con un hombre. Me dice que su nombre es Héctor y le dice que mi nombre es Tanya.

Me da miedo mirarlo a los ojos. El me está viendo todo el cuerpo, y alcanza a murmurar: «nada mal, nada mal».

La Señora se sienta en una silla y deja que el hombre me lleve a la cama. Yo no puedo ver a la Señora, sólo miro sus ojos, que brillan desde la oscuridad. El hombre huele a alcohol. Me besa. Aparto el rostro para que no lo haga. Empieza a tocarme, pero es tosco y no me gusta. Me siento desprotegida. Me tira en la cama y me quita la ropa.

—Haz algo, putita —me dice.

Yo me quedo callada y sin moverme.

—Abrázalo —dice la Señora, desde la oscuridad.

Y yo no puedo más que obedecerla. El se ríe y sigue tocándome. Empieza a sudar y no me gusta.

Después mete algo allá abajo y empieza a moverse. Duele. Volteo a ver a la Señora y sólo veo dos puntos brillosos, sus ojos, mirándome fijamente. Cierro los ojos y me imagino que es ella la que me hace estas cosas.

El hombre sigue arriba de mí, moviéndose, pero de pronto se detiene un poco y alza su cara, volteando a ver a la Señora y le dice, «qué pasó, gordita, ¿no quieres unirte a la diversión? Yo te invito».

La Señora, con una voz fría, dice «no gracias, termina lo que viniste a hacer».

Él se ríe y empieza a moverse más rápidamente. Cada vez me duele más. Volteo a ver a la Señora. Ella se acercó, pero no me está viendo a mí. Está viendo lo que el hombre me está haciendo, y sonríe. Está tan cerca que, si estirara la mano, la podría tocar. Con mis ojos le quiero decir que todo esto lo hago por ella, por ella y por nadie más. El hombre se vuelve cada vez más violento y de pronto se detiene y cierra los ojos y hace unos ruidos extraños. En ese momento, la Señora se levanta con un palo en la mano y lo golpea en la cabeza. El hombre cae al suelo y me deja al descubierto. La Señora corre hacia donde está él y lo sigue golpeando con el palo en la cabeza, rítmicamente, hasta que el hombre que me hizo daño deja de moverse.

Ella se agacha junto al cuerpo y empieza a lamer su sangre. Por un momento parece olvidarse de que yo existo. Pero después se hinca, abre mis piernas con sus manos, cierra los ojos y aspira profundamente. Levanta el rostro y me dice, contenta: «Tanya, estás esperando un bebé».

Deseo es verse en un espejo. Verse en el espejo que es la mirada de otra persona. Y sentirse deseada. Yo no quiero nada, más que la Señora me mire.

Mi cuerpo está cambiando. Yo sé que algo está pasando dentro de mí. Y la Señora nunca se había portado tan amable conmigo. El otro día tuve que salir del quirófano porque tenía que vomitar. La Señora no me dejó regresar a trabajar. Y al otro día me dijo que tenía que descansar aún más.

La Señora es especial. No es como todas las demás. La he visto desnuda y no tiene pezones, sino dos pequeñas bocas que siempre se están moviendo. Me pregunto si eso me va a pasar a mí también. Mis pezones se están oscureciendo. No tengo hambre y siento que estoy adelgazando. Eso me da miedo. Se supone que hay un bebé creciendo dentro de mí. Se supone que mi cuerpo debería estar creciendo. A veces me pregunto si no hice algo mal. Si no me equivoqué en algo y éste es mi castigo. Que adentro de mí no pueda crecer algo. Que sea incapaz de satisfacer a la Señora.

Ella se acerca a mi estómago y me dice que todo está bien, que no tengo por qué preocuparme. Siempre está contenta conmigo. Creo que la estoy haciendo feliz. Y cuando veo a todas las mujeres que llegan aquí a diario para abortar, no puedo ni empezar a imaginar por qué hacen tal cosa.

El deseo miente. Siempre promete algo que nunca va a poder otorgar. Empuja y seduce, obliga y encanta, pero nunca logra responder a tus preguntas ni cumplir con tus expectativas. El deseo habita dentro de ti, pero su verdadero hogar es el mundo entero. El mundo es deseo. Y el deseo es una mentira. Necesito ese bebé, Tanya, necesito esa criatura para poder entenderla.

Este mes pasó algo extraño. La Señora no vino conmigo en la noche. Y no sangré. No sé qué es lo que está pasando, pero hay algo raro. En el día, me siento mal. En la noche no puedo dormir. Estoy cambiando, y no lo entiendo.

Cada día estoy más caprichosa. No soporto que la Señora mire a las mujeres que vienen aquí. Ayer me salí del quirófano, enojada porque la Señora tocó a una mujer como sólo debe tocarme a mí.

Cuando le expliqué por qué me había salido, ella se rió mucho y me dijo que no tenía porque preocuparme, que yo era única para ella. Hoy en la noche subí a peinarla, y la Señora estuvo hablando mucho tiempo, explicándome cosas sobre mi cuerpo que yo no quería escuchar. Como si mi cuerpo fuera tan importante. Me dijo que fuera por su medicina, pero me dijo que necesitaba que subiera dos vasos.

Al regresar con los vasos, ella siguió hablando.

—Tienes que dejar de preocuparte por las pacientes que vienen aquí a diario, Tanya. Tienes que darte cuenta que lo que tú me puedes dar es exactamente lo que ellas están perdiendo. Sólo hay dos emociones humanas, Tanya. Una es el miedo y otra es el deseo. De ellas tomo miedo, pero de ti, de ti sólo deseo.

—¿Cuándo se va a comer lo que me metió ese hombre?

Ella se ríe.

—Tanya, no te pedí que te embarazaras para hacer medicina. Te pedí un bebé para que lo tuvieras.

Yo no sabía qué pensar ni qué hacer. Me quedé callada, perdida. Mil cosas pasaron por mi cabeza y de pronto se detuvieron, y ya no podía pensar en nada.

—Ese bebé es tuyo y mío, Tanya, de nadie más. Y lo que estamos haciendo es para bien de las dos. Vamos a tener un precioso bebé y le vamos a enseñar todo lo que sabemos. Él nos va a adorar y va a crecer, fuerte, entre nosotras. Es lo que esta anciana te pide como favor. Y para que pueda crecer sano y fuerte, tenemos que empezar a alimentarlo, a él, especialmente. Y por eso quiero que de hoy en adelante, empieces también a tomar medicina.

Me sentí orgullosa. Siempre me había preguntado por qué la Señora me había prohibido la medicina. Pero en ese momento entendí muchas cosas. Era un honor para mí. Si tomaba la medicina, miles de bebés alimentarían al mío. Todo para hacerla feliz.

La Señora me dio uno de los vasos y me pidió que lo tomara. Mientras yo tomaba el líquido, ella me miraba y sonreía, con el mismo rostro que tiene cuando toma su medicina. Y me empecé a preguntar si me hubiera concedido este honor de no ser por el feto.

Al verse en el espejo, tú y tu reflejo tienen que ser lo mismo. Si al mirarte en un espejo observas algo distinto, algo que no seas tú, las leyes de la física y del alma reclaman que sólo una de las imágenes puede sobrevivir.

Empecé a engordar. Hoy en la mañana, al verme en el espejo, me di cuenta.

He estado pensando muchas cosas que me confunden. Me sentí mal todo el día, pero no le dije nada a la Señora. No quería que se enterara, pero me di cuenta de cómo eso que traigo dentro empezó a crecer. Me estoy haciendo diferente, todo está cambiando por culpa del feto que ese hombre metió en mí. La Señora siempre me ha dicho que uno desea lo que no tiene. Yo voy a engordar. Y si engordo como la Señora, ¿qué voy a tener yo que sea diferente a ella? Ya me explicó que mientras pase todo esto ella no me irá a visitar en las noches. La extraño. Juro que la extraño más que a ninguna otra cosa en este mundo.

A veces quisiera que todo fuera como era antes. Eramos felices. No sé por qué tuvieron que cambiar las cosas.

Quiero. Deseo. Quiero. Deseo. Quiero. Deseo. Quiero. Deseo. Quiero deseo.

Hoy decidí que esto ya no puede seguir así. En la mañana, estaba distraída y me tropecé. Tiré una bandeja con varias cosas en el quirófano y me lastimé. La Señora me gritó como hace mucho que no me gritaba. Me dijo que tenía que tener más cuidado, que tenía algo muy importante que proteger.

—Cuídate, es por el bien del bebé —me dijo.

No se preocupó por mí. Estaba preocupada por lo que tengo dentro. Por esa cosa que crece en mí y me hace sentir más cansada cada día. Esa cosa que hace que me tenga que comportar de manera distinta. La Señora me gritó a mí. Para proteger al feto.

—Es por el bien del bebé —me dijo, y sus palabras se repiten una y otra vez en mi cabeza.

Y por más cosas que hago, no las puedo dejar de escuchar.

Ella desea al feto. No a mí.

No hay peor deseo que el que no se puede satisfacer. Que el que está más lejos de ti. Ese deseo mata. Te come por dentro y no te deja más opción que morir. Lo más importante es actuar. Si no haces todo lo posible por conseguir lo que deseas, mereces morir. Y si deseas algo que no puedes conseguir, tu estupidez es tan grande que también te hace merecer la muerte.

Todas las noches tomamos la medicina juntas. Pero ya no es lo mismo. Hay algo entre nosotras que impide que las cosas sean como antes. Aunque es muy amable, siempre está preguntándome sobre el bebé. Que si hice esto o si hice lo otro. Que si comí esto o aquello. Que si me veo pálida o no. Que hay que darle todo lo que se pueda al bebé.

Tengo dolores. A veces hay olores o sabores, o simples pensamientos, que me provocan tales náuseas que no puedo evitar vomitar. Y cuando estoy vomitando, empujo con más fuerza, con la esperanza de que el feto salga por mi boca y ya no tenga que preocuparme por estas cosas. Ahora entiendo a todas las mujeres que vienen aquí.

La medicina es lo único que ha evitado que me vuelva loca. No sé, es el sabor, es algo que no sé explicar, pero todas las noches sólo estoy esperando poder tomarla. No me importa si alimenta al bebé o no. Me alimenta a mí.

Y hay pensamientos horribles en mi cabeza. A veces me gusta tenerlos y a veces me asustan. Si la Señora quiere al bebé y no a mí, entonces para qué quiero seguirla sirviendo. Para qué me esfuerzo en cada una de mis acciones para complacerla. Por qué no hace ella algo por mí. Y no me gusta pensar eso. Es malo. Yo adoro a la Señora, es mi ángel. Debería cuidarme sólo a mí.

El deseo es total. Está más allá de la vida y la muerte, del bien y del mal. El deseo tiene que ser eterno para tener algún sentido. Y lo satisfacemos en porciones pequeñas, siempre esperando la porción con la cual ya nunca más necesitaremos desear. Pero el deseo es infinito. Sólo el que lo sabe puede controlarlo. Y gozarlo. Jugar con la comida, como los predadores, antes de saborearla.

El piso del quirófano es frío. Quizás lo siento así porque nunca antes había entrado aquí descalza y de noche. Prendo los aparatos intentando no hacer ningún ruido que pueda despertar a la Señora. Es la primera cosa en mi vida que hago sin que ella lo sepa. Y sólo puedo pensar en ella mientras lo hago. Todo es por ella.

He visto mil veces como se lleva a cabo la operación. Podría hacerlo con los ojos cerrados. Y sin embargo, mi cuerpo tiembla. Me pregunto si el feto sabe lo que voy a hacer.

La dosis de anestesia tiene que ser más pequeña que la de costumbre. No quiero quedarme dormida. Sólo necesito lo suficiente como para no gritar de dolor y despertar a la Señora. La aguja no me molesta. Lo que hago es por amor.

Mañana, cuando ella me pregunte que pasó, le diré que no sé, pero que todo está bien, que todo está como era antes, como siempre debió haber sido.

Preparo todo como lo he preparado miles de veces, día tras día, durante años. Es rutina. Pero no deja de asombrarme cómo me puedo hacer a mí misma lo que he hecho a miles de mujeres. Es más fácil de lo que pensaba. No sé por qué sufren tanto cuando vienen aquí. No las entiendo.

A lo lejos, oigo la voz de la Señora,

—¿Tanya? —pregunta— ¿eres tú?

Tengo que apresurarme o ella me lo impedirá. Ya no aguanto más todo lo que está pasando. Prendo la aspiradora, y el aparato me contesta con el chasquido húmedo al que estoy tan acostumbrada. No sé si esto me va a doler. Me acuesto y pongo la aspiradora entre mis piernas. La posición es muy incómoda, pero creo poder lograrlo. Todos los instrumentos están fríos y tengo ganas de reírme. Deben ser los nervios. Inserto el tubo y todo se vuelve oscuridad. El dolor es insoportable. Sin embargo, estoy sonriendo. Y si hay lágrimas en mis ojos, son de alegría y no de dolor. Quiero esa cosa fuera de mi cuerpo. Quiero de regreso todo lo que yo tenía. Muevo lentamente el tubo para que aspire todo el feto, no se puede quedar nada adentro, pudriéndose lentamente. Siento, adentro de mí, los besos tiernos de la aspiradora. Besos de amor. Besos de hambre. El dolor es intenso. Por un momento pienso que me voy a desmayar. El zumbido de la máquina, y el sonido ahogado que hace cuando absorbe algo cubren mis pensamientos como una cobija que me da calor y tranquilidad. Entre sueños de dolor, puedo escuchar una puerta que se abre.

La Señora entra al quirófano. Me esfuerzo para levantarme y le digo que todo está bien, que todo está como antes. Espero no decir estupideces como las que dicen las mujeres bajo los efectos de la anestesia, pero ella parece no escucharme y sólo ve entre mis piernas, como si todavía no acabara de entender todo lo que ha pasado. Mis piernas están llenas de sangre. Saco el tubo y la sangre se desborda aún más, como si todo estuviera en cámara lenta.

—¿Tiene hambre, Señora? Ahora yo ya le puedo dar medicina. Ahora ya puede beber de mí otra vez. Hágalo, por favor.

La Señora se acerca y cierro los ojos. Todo va a ser como era antes. Ya no habrá malentendidos. Espero que me abrace, espero que se lleve el dolor que hay en mi vientre, pero lo único que siento es un golpe en mi cara que me tira de la mesa.

—Niña estúpida, ¿qué has hecho? ¿quién te crees que eres? Esa decisión no era tuya.

La observo, tratando de sostenerme en mis dos pies. Ella me golpea de nuevo.

—Perdóneme, Señora, todo lo hice por usted —le contesto, mientras siento como si alguien estuviera clavando unos cuchillos en mi vientre y la sangre estuviera saliendo por mis ojos, convertida en lágrimas.

Quizás el feto no salió y ahora está vengándose de mí, y se come a mordidas mis entrañas. Alzo mi mano para que la Señora me ayude a pararme, pero ella sólo me mira fijamente. Toma un bisturí y me corta la mano con él.

Por qué, Señora, mi ángel, por qué. No entiendo por qué.

Todo me duele y la cabeza me da vueltas. La Señora me golpea el rostro otra vez y yo trato de incorporarme. Me pisa la mano. Quiero explicarle, quiero decirle todas mis razones, quiero que me escuche. Me apoyo en la mesa y siento que algo me golpea la espalda. Lo único que hay frente a mis ojos es el tubo de la aspiradora, que tiembla discretamente, comiéndose poco a poco la sangre, mi sangre, que mancha la mesa de operaciones. Me concentro en eso y me logro levantar. Me aferro del tubo y lo ofrezco a la Señora, para que beba de él. Mis labios tratan de formar unas palabras amables para explicarle, pero lo único que puedo escuchar es un quejido. Ella se acerca. Trata de poner sus dos manos en mi rostro y yo empiezo a llorar. Sus manos empiezan a apretar mi cuello. Déjeme hablar, Señora, déjeme explicarle. Trato de quitar sus manos, pero no puedo, así que me muevo y trato de hablarle, de explicarle mis razones. No hay un sólo brillo en sus ojos, son completamente negros. Me ven con odio. No lo entiendo. Trato de escaparme pero no logro nada más que tropezarnos.

Su cuerpo cae encima del mío. Y entonces escucho a la aspiradora succionar otra vez. Abro los ojos y lo primero que veo es el rostro de la Señora, viéndome fijamente, con sorpresa, mientras el tubo de la aspiradora sigue haciendo ruidos extraños, íntimos. Y me doy cuenta que el tubo está clavado en su ojo. Y que sigue succionando. La Señora no se mueve, sólo tiembla lentamente y deja caer todo su peso sobre mí. Intento sacar el tubo y me doy cuenta que está insertado profundamente, hasta que junto a un sonido húmedo, una masa roja y gris se derrama sobre mi rostro y se mezcla con mis lágrimas, mi saliva y el aire que entra a mis pulmones. Empiezo a llorar incontrolablemente, y todo lo que hay en este mundo tiene el sabor de la Señora.

Todo iba tan bien, Señora, ¿por qué trató de golpearme? ¿por qué no me dejó explicarle?

Abrazo el cuerpo de la Señora y lo aprieto contra mi pecho, pero el único ojo que tiene ya no me ve a mí, ya no observa absolutamente nada, más que un punto indefinido en el techo.

Desear es morir. Y morir es vivir. Vivir deseando.

La ciudad es grande. Pero aprendo a vivir en ella. En el camión, me cruzo con una señora. La miro fijamente y ella me ignora, como si yo no existiera. Me atraviesa con su mirada.

Pero deseo lo que ella tiene. La sigo. Me gusta su olor.

Tengo hambre. Está embarazada.

EL QUE ACECHA EN LA OSCURIDAD

Ó LA COSA QUE VIVE EN EL CLÓSET Y QUE BURBUJEA BGRUBP BGRUBP DESPUÉS DE LA MEDIANOCHE

Ó EL PROBLEMA DE UN TÍTULO LOVECRAFTIANO EN ESTE MUNDO LLENO DE TANTOS CÍNICOS

Yo todavía no acabo de entender por qué todo el mundo se ríe de los niños que piensan que hay un monstruo bajo su cama. ¿Desde cuándo los papás saben lo que hay debajo de las camas? Los únicos que saben lo que hay allá adentro son los niños. Hace años que yo no quepo abajo de una, y la mayor parte de los papás que conozco dejaron de intentarlo hace mucho tiempo. Los niños son los únicos que se meten debajo de las camas, y son quienes saben lo que aventaron ahí la última vez que su mamá les ordenó que limpiaran su cuarto. Por lo mismo, no entiendo por qué nadie les cree. Al fin y al cabo ellos son los expertos.

ᴨ

Tampoco entiendo qué tiene de chistoso pensar que un monstruo vive en mi clóset.

π

Siempre he querido hacer el experimento que explica un escritor de libros de horror que se llama Stephen King. Es sencillo. Lo único que tienes que hacer es ir al cine, con una buena dosis de LSD encima, a ver una película de horror. Él dice que cualquier adulto que haga eso acaba invariablemente en un manicomio.

π

También dice que los niños son los únicos que pueden ver una película de horror creyéndosela toda, y que a los tres días se les olvida. Por eso el experimento, para ver qué le pasaría a un adulto si se creyera por completo una buena película de horror.

π

También este señor dijo una vez que si no escribiera literatura de horror muy probablemente ya hubiera asesinado a alguien.

Lo que lo convierte en una persona en la que no se puede confiar.

π

Además, a mí el LSD siempre me hace vomitar.

π

Tengo un amigo que dice que no le gusta ir a ver películas de horror porque se la pasa buscando errores en la película.

A mi amigo le gusta hacer reuniones donde compra unas cervezas, invita unas siete gentes y renta tres películas de horror. El dice que las mejores son las malas. El chiste de la reunión es tomarse las cervezas mientras platicas con los demás lo que estás viendo en la pantalla.

π

Cada vez que mi amigo ve una película de horror y se ataca de la risa parece que sus ojos se van a salir de su cabeza. Abre tanto la boca para reírse que se le ven todas las encías. Después se ríe más quedito durante un buen rato y empieza a sudar.

π

¿Escuchas? bgrUBP BGRubp

π

Mi amigo le agradece a Dios que el hombre haya inventado las videocaseteras, porque así puede adelantar las películas para ver solamente las escenas de sexo y los asesinatos.

π

A mi también me gustan las videocaseteras.

En la última reunión mi amigo vio tres veces en FF *El Zombie Come-Vírgenes*. Por un momento pensé que ahora sí los ojos se le iban a salir. La reunión acabó temprano porque mi amigo acabó gritando «que chinguen su madre las metáforas y los argumentos» mientras pateaba al perro de su hermanita.

π

Antes me gustaban las películas de Freddy Krueger. Pero las últimas que vi no me gustaron mucho. Yo no sé quién decidió que Freddy era un actor de carpa, pero creo que se equivocó.

π

Tampoco me gustó *Entrevista con el Vampiro*. Darme cuenta que los vampiros tienen los mismo pleitos que una familia clasemediera me deprimió por varios días.

π

Pero sí me gustan mucho *Evil Dead II*, y *Candyman* (mi amigo dice que es una película fresa), *Alien III* y *El Exorcista*.

También me gusta mucho el programa de televisión *Twillight Zone*.

π

El otro día fui a una discotheque. Era una noche gótica y me dijeron que todo el mundo iba a ir disfrazado. Yo todavía no entiendo. Se supone que los monstruos son únicos. Con tantos tipos que querían parecer como si realmente fueran malos me sentía en algo así como una convención de agentes de seguros donde todos son iguales pero quieren decir que son diferentes. O peor aún, en una de esas películas mexicanas con títulos como *Frankenstein y Drácula contra el Hombre Lobo y la Momia*.

π

Turúruru-Turúruru

π

El otro día le conté a un señor sobre el monstruo que vive en mi clóset. Me contestó que no fuera estúpido, que los monstruos no existen.

Después llegué a mi casa y pensé que estaban pasando una película japonesa, pero era un documental sobre la Segunda Guerra Mundial. Apagué la televisión.

π

No le quise decir al señor que me dijo que los monstruos no existían que sí había uno en mi clóset.

No me gusta que se rían de mí.

⊓

Hablando de Japón, el otro día pasaron en el noticiero las escenas de un terremoto en una ciudad japonesa. Me llamaron la atención porque se parecían a las películas de Godzilla. Muchos edificios destruidos y mucha gente con los ojos rasgados. Esa noche no pude dormir porque me la pasé pensando en Godzilla y en lo que me dijo ese señor. No sé si a eso se refieren cuando dicen que los medios desinforman.

⊓

¿Lo oyes? bgrUBP BGRubp

⊓

La escena que más me gusta de *Alien III* es casi al final, cuando la actriz principal se avienta a un mar de metal fundido. Me gusta mucho cuando el alien sale de su estómago y ella, para evitar que se escape, lo abraza fuertemente.

⊓

A mi también bgrUBP BGRubp me daría mucho miedo tener un hijo.

⊓

Hay un judío que se llama Freud que escribió muchos libros. En uno de ellos dice que el horror y el humor se parecen mucho porque los dos son reconocibles.

Cuando alguien te cuenta un chiste, aunque no lo entiendas, sabes que es un chiste.

Y cuando alguien te cuenta una historia de monstruos, aunque no te dé miedo, tú sabes que esa persona te quería asustar.

⊓

Dicen que Freud era un hombre que tenía muchos problemas. A la mejor mi amigo también. Y por eso se ríe en las películas de horror.

Ha de estar realmente confundido.

⊓

Cada vez que hablo de Freud, no sé por qué, empiezo a pensar en sexo.

Hace mucho tiempo llegaron mis amigos a mi casa y venían con una amiga.

Mientras ellos se pusieron a ver unas películas en la sala, ella me preguntó si le podía enseñar mi cuarto.

Yo le dije que sí pero que con una condición. Que no me pidiera que le enseñara mi clóset.

Ella encogió sus hombros y me dijo que sí.

π

Cuando entramos al cuarto la señora se me acercó y se empezó a quitar la ropa. Hacía un poco de frío, pero no pareció importarle.

Ella se me acercó, y empezó a desabrocharme el pantalón. Me dio un poco de miedo, pero no puedo negar que se sentía bien.

Estaba tan nervioso que cerré los ojos, y de repente ella se rió, dijo que había establecido un récord, que no conocía a nadie que acabara tan rápido y se salió del cuarto.

Mientras me secaba, oí como todos mis amigos se estaban riendo.

π

También dijo otra cosa.

«No te preocupes corazón, tus amigos ya pagaron todo».

π

Hay un señor que se llama H.P. Lovecraft que también escribía historias de horror. Una vez leí una historia de él y creo que ya la entendí. El monstruo de la historia, que se llama Cthulhu, se parecía mucho a lo que había entre las piernas de esa señora.

Claro que mucho más grande.

π

bgrUBP BGRubp

π

Una vez leí que ese señor que se llama Lovecraft dijo que el sexo se le hacía algo completamente irrelevante.

También leí que más de la mitad de los chistes de todo el mundo tienen que ver con el sexo.

π

bgrUBP BGRubp

π

Siempre me da mucha risa cómo traducen los títulos de las películas de horror al español. Mi preferida de todos los tiempos es *El Jardinero Asesino Inocente*. Me gustaría conocer a la persona que se le ocurrió ese título.

Debe ser alguien interesante.

π

Los mejores monstruos en las películas son aquellos que son realmente horribles pero que al mismo tiempo, por alguna razón, resultan atractivos. Por un lado tienen que llamarte mucho la atención, y por otro lado tienes que sentir que ya no aguantas verlos. Tienen que ser seductores y repulsivos al mismo tiempo. Si no son así, no valen la pena como monstruos.

Por eso me cae bien Hannibal Lecter. Por que, por más horrible que sea lo que está haciendo, uno siempre tiene que ver cómo lo está haciendo porque el tipo te cae bien.

O la niña del exorcista. Si no fuera tan tierna y bonita cuando no tiene el monstruo adentro, no tendría ningún chiste, por más que vomite sopa de chícharos.

Cada vez que hay un accidente automovilístico, es más divertido ver a la gente que pasa junto al accidente que a los que lo sufrieron. A esos normalmente les ponen unas sábanas blancas por encima de la cabeza.

Pero la gente que pasa por ahí se comporta de una manera muy graciosa. Primero hacen como si se voltearan para no ver, pero irremediablemente voltean para tratar de observar algo, lo que sea.

Es como cuando eres niño y te vas a subir a una escalera y la niña que va adelante de ti te pide que te tapes los ojos para que no le veas los calzones. Uno se los tapa pero no resiste abrir un poco el espacio entre los dedos. Nada más por curiosidad.

Es como si un día llegaras al departamento donde vives y te dijeran que el elevador se cayó y aplastó a unas personas. ¿Quién se negaría a echar un vistazo?

Es curioso también que las sábanas de mi cama son blancas.

Y cuando creo que el monstruo que vive en mi closet está haciendo ruidos, también las paso por encima de mi cabeza.

bgrUBP BGRubp

Cuando creo que el monstruo que vive en el clóset de mi casa está a punto de salir y se me quita el sueño, la única manera en que me puedo volver a dormir es pensando que todo el mundo tiene monstruos en su clóset, pero que, por una razón u otra, ya no los oyen.

Lo que los hace aún más peligrosos.

π

Ayer me habló mi amigo. Me dijo que ya no está viviendo en su casa y me pidió dinero prestado.

π

Parece que el otro día decidió que patear al perro no era suficiente, así que subió al cuarto de su hermana.

π

Un día le pregunté a un siquiatra que si él creía que los monstruos existían. Y él me dijo que eran proyecciones de los deseos que tenemos reprimidos en nuestro inconciente o una cosa por el estilo y lo tuve que escuchar durante media hora porque no dejaba de hablar.

π

También un día le pregunté lo mismo a mi mamá, y para variar, empezó a regañarme, y me dijo que era de esperarse, que llevaba tanto tiempo sin limpiar mi clóset que cualquier cosa podría salir de ahí.

π

Yo no sé que se puede esperar de un mundo donde hasta tu propia madre se ha convertido en una cínica.

π

bgrUBP BGRubp

CONVERSACIONES CON YONI REI

fade in

¿Quién puede culpar a Yoni Rei? ¿Hay alguien aquí que esté haciendo un mejor trabajo que él?

(*Aplausos*)

Yoni Rei era uno de esos tipos (si a los bebés de laboratorio se les puede llamar tipos), que cargaba con mala suerte de la misma manera que un intestino carga desperdicios. Yoni Rei era hijo de nadie. Era producto comerciable, era carne de cañón. Yoni Rei nació bajo una lluvia de navajas. Un bisturí acá, un corte por allá, ¿y ahora qué hacemos para que este individuo, propiedad de TELCOR INTERNACIONAL, tenga algo más que ofrecerle a la humanidad?

Hace muchos, muchos años, Yoni Rei nació, y fue uno de tantos bebés que eran vendidos en las puertas de las oficinas de grandes corporaciones. Dejarlos en casa de familias acomodadas había pasado de moda. Desde que varios estudios determinaron que la mayor causa de sociopatía en el mundo (es decir, que el gran útero de asesinos en serie, que la matriz de donde venían todos los perversos, y el seno del que se alimentaban todos los malvivientes), era la familia, ya nadie confiaba en ellas. Mejor las corporaciones, con sus bunkers construidos en los suburbios, con sus gigantescos edificios revestidos de espejos, siempre limpios, con sus metas claras, sus miembros bien vestidos, con sus sonrisas de a-mí-me-va-bienen-la-vida-¿qué-a-ti-no? En un mundo mordisqueado por la incertidumbre e invadido por software tailandés, era la mejor opción. (*Sollozos*).

En ese mundo nació Yoni Rei. Un día de esos, ciertas corporaciones decidieron que era bueno comprar bebés: «Joven madre, ¿para qué abortas a tu hijo? Nosotros le prometemos un futuro que tú no le puedes ofrecer. Preséntate en nuestras oficinas, y de acuerdo a tu material genético, podremos llegar a un acuerdo». El publidocumental mostraba a varios niños, jugando en un amplio patio, intercalados junto a imágenes clínicas de abortos. Adoptando bebés y evitando la aborción, las empresas ganaban la patria potestad y le quitaban un peso de encima al gobierno. Las empresas necesitaban sujetos para experimentación genética, y estaban dispuestos a pagar por ellos. Así que no sólo se quedaban con tu bebé, además, te daban créditos, monedas, o cupones intercambiables en cualquier centro comercial que se respetara de serlo. Negocio redondo. Utilidades seguras.

Así nació Yoni Rei, un tumor que una muchacha quería extirpar, una carga extra que no se quería soportar, ¿quién pues, lo puede culpar?

Corte a:

PRIMERA CONVERSACIÓN CON YONI REI.

ENTREVISTADOR: Yoni, ¿nos podrías explicar por qué cortaste tu mano izquierda?

YONI: Porque no la necesitaba.

ENTREVISTADOR: Si no la necesitabas, entonces por qué implantaste otra mano derecha en lugar de la izquierda.

YONI: Porque soy derecho.

ENTREVISTADOR: ¿Qué es lo que estás tratando de lograr?

YONI: Hacer que el cuerpo humano funcione mejor. Y si no mejora, entonces que deje de existir.

En la imagen, Yoni toma un puñado de pastillas de un frasco sin etiqueta, y se las mete a la boca.

ENTREVISTADOR: ¿De dónde sacaste la otra mano derecha, Yoni? ¿Sabes que es ilegal traficar con partes del cuerpo humano?

YONI: Es la mano de tu madre, pendejo....
Yoni se empieza a reír.
(*Aplausos*).

Ah, pero había que observar a Yoni Rei tratando de rascarse.

Yoni Rei fue criado por una máquina siempre sonriente, fue amamantado por un pezón de silicón, con calor simulado, para que no extrañara. Yoni Rei fue comprado como carne para experimentar. ¿Alguien tiene una idea de con qué lo alimentaron? ¿Alguien sabe qué canciones de cuna le cantaba una computadora con las teclas tan flojas como los dientes de una anciana? ¿Alguien puede siquiera imaginarse lo que piensa un bebé cuando, a los dos años, despierta a la mitad de la noche en una cuna que es muy chica para su tamaño y que se mece al vaivén de engranes que no se pueden ver pero que se pueden escuchar, y encuentra que, donde antes había una extremidad, ahora hay una prótesis mecánica? ¿Alguien puede imaginar a quién le llora ese bebé?

SECCIÓN DE PREGUNTAS SIN RESPUESTA.
¿Por qué por qué? ¿Por qué las computadoras trabajan con ceros y unos? ¿Por qué un micro-chip tiene que ser pequeño? ¿Por qué lo que ven los ojos tiene que ser más real que lo que piensa la mente? ¿Por qué los adultos que fueron vendidos a las corporaciones confiesan excitarse cuando ven a cualquier máquina? ¿Por qué tu cuerpo se convierte en lo que eres? ¿Por qué estamos acostumbrados a recibir programas y más programas sobre bebés de laboratorio que ahora violan computadoras y hacen el amor con sus herramientas de trabajo?

Y ahora tenemos a los ejecutivos de estas empresas, que por supuesto ya no son los mismos de hace 20 años, llorando las 24 horas del día ante las cámaras de video, hablando sobre la inhumanidad inherente a ese tipo de experimentos, buscando como «re-hacer» la vida de esos «pobres seres humanos» a los que se les privó de un crecimiento normal. Mierda, digo yo. Sólo lo hacen para evadir impuestos. Dicen que todos los experimentos fueron fracasos, que todos los sujetos que fueron criados en ambientes controlados no fueron tan controlables como esperaban, que fue un error y que los responsables lo tendrán que pagar ante Dios, pues ahora no sé sabe donde está ninguno de ellos. Mierda, digo yo.

Pero Yoni Rei era un valiente. Era un visionario. Yoni Rei le agradecía a las corporaciones. Yoni Rei decía, como cuentan varias de sus más cercanas amistades, que él nunca tuvo que buscar un sentido a su vida, que a él se lo habían dado de antemano. Y que lo agradecía porque así le había quedado bien claro contra que luchaba. Sabía que su misión en esta vida era nadar a contracorriente, ir contra el flujo de bits. Yoni Rei quería violentarse contra su propia naturaleza.

Corte a comerciales.

PRIMER ATAQUE DE PARANOIA.

Yoni tenía un problema con las respuestas correctas. Después de pasar toda su infancia contestando tests, sin que los sicólogos le pudieran decir si había acertado o no, y después de encontrarse con que todo el mundo siempre estaba buscando la respuesta correcta para agradar a los demás, Yoni decidió que ése no era el camino.

Yoni empezó a utilizar, siempre que hablaba, heurismos, respuestas que no están del todo mal, pero tampoco del todo bien.

Por ejemplo, cuando iba a un restaurante, nunca pedía el platillo que más se le antojaba, sino el segundo de su preferencia. Cuando votaba, nunca escogía el partido de su preferencia. Cuando escogía alcohol-mujer-trabajo, películas-música-juegos, incluso cuando escogía carril en la carretera, Yoni Rei siempre tomaba su segunda opción.

Era una manera de tratar de luchar contra el sistema, como él lo llamaba, «de hacer siempre lo correcto». Llámalo héroe, llámalo prostituta, llámalo como quieres, pero no le digas poco original

Corte a:

FOTOGRAFÍA DE YONI REI CON CARA DE FELICIDAD, MIENTRAS CONECTA UNA TERMINAL ELÉCTRICA AL SÓQUET QUE TIENE EN LA CABEZA, DIRECTO A SUS CENTROS DE PLACER.

Yoni Rei tenía que ir cada semana, imaginen ustedes, a la sucursal indicada por la corporación para que le dieran una dosis de Fribidol, necesaria para poder vivir. Todos los ahora jóvenes resultado de este experimento lo tienen que hacer. ¿Por qué? Eso es fácil, los hacían adictos desde pequeños, era una forma de control. Una voz metálica y engañosamente amable, le decía: «Yoni Rei, deja de jugar con la pierna mecánica de tu compañero», o «deja de jalar los cables de tu hermanito», o «vuelve a poner la batería de tal o cual muchacho en su espalda, o «no te vamos a dar de tus dulces». Y los dulces eran tabletas de Fribidol cubiertas de caramelo. Y Yoni Rei lloraba con los primeros síntomas de necesidad de la droga, cuando las conexiones que unían su piel y los circuitos electrónicos empezaban a doler como una continua extracción dental, cuando su boca se llenaba, lentamente, del sabor a la desesperación, del saber que tienes una comezón que no puedes rascar, de la sensación de que hay insectos que hacen sus nidos y tienen sus crías bajo tu piel, de esa hambre insaciable del alma que sufre cualquier drogadicto. Quizás por eso Yoni Rei se sacó un ojo, con sus propios dedos, cuando tenía seis años de edad. Pero no tenía que preocuparse; gracias a la ciencia moderna, gracias a la tecnología y a la buena voluntad de TELCOR, Yoni Rei recibió un ojo nuevo, un ojo metálico, un ojo impuesto en su cuerpo con tanta violencia como fue arrancado.

Quizás por eso a Yoni no le gustaba ir cada semana a recibir su dosis de Fribidol. Quizás por eso podemos justificar el odio que sentía Yoni ante lo único que necesitaba para vivir. Quizás por eso Yoni odiaba ir a esas citas semanales, a que conectaran cables a sus terminales nerviosas para continuar con un experimento que hacía años había fracasado, quizás por eso odiaba tener que dejar muestras de excremento, orina, saliva y sangre. Quizás por eso, Yoni Rei decidió quedarse en su cuarto durante dos semanas, después de encadenarse a un pilar y tirar la llave por la ventana. Quizás por eso Yoni Rei no recibió las inyecciones necesarias para la circulación de la sangre por su cuerpo. Quizás por eso se levantó un día sintiendo un extraño cosquilleo en su pierna, encadenado al pilar, con su estómago alimentándose de su propios jugos intestinales, para observar como en su pierna mecánica, que implantó TELCOR uniendo la carne con plásticos, había un insecto que se arrastraba y rasgaba su carne como si fuera un velo, para irse metiendo en ella y poner sus huevos. Quizás por ese odio que Yoni Rei sentía, la policía tuvo que entrar por la fuerza al departamento que Telcor le había proporcionado, para encontrarse con un desahuciado encadenado a un pilar, con ciertas porciones de su anatomía en estado de putrefacción, loco de hambre, loco por falta de droga, y que había llamado la atención a los vecinos por sus descarnadas risas.

(*Sollozos*).

Corte a:

Segunda conversación con Yoni Rei.

Entrevistador: Nos estaba hablando del cuerpo humano, Yoni...

Yoni: El cuerpo humano es una mamada. El otro día leí que alguien decía que el que lo había diseñado era un pendejo. Yo estoy de acuerdo.

Entrevistador: ¿Por qué?

Yoni: Por el exceso de orificios.

Entrevistador: ¿Exceso?

Yoni: Y por lo aburrido del proceso, ¿por qué crees que los seres humanos viven tan confundidos toda su vida? Son todas esas opciones duales. Cagar, comer, cagar, comer, cagar, comer. Son el mismo proceso, pero partes distintas.

Entrevistador: ¿y...?

Yoni: Es poco funcional. Para qué quieres esos dos orificios si sirven para el mismo proceso. Quédate con uno y al diablo con el resto.

Entrevistador: ¿Y qué vas a hacer al respecto?

Yoni: Estoy en una lista como voluntario para una operación experimental. Unir conductos y hacer un orificio para todas las funciones duales.

Entrevistador: ¿Y cuándo crees que se va a llevar a cabo la operación?

Yoni: No sé, ha sido un gran éxito. En la lista, soy el voluntario 732.

SEGUNDO ATAQUE DE PARANOIA.

Yoni Rei decidió que era inútil tener dos pares de casi todo. Según él,«por eso se había quitado un ojo a los seis años». Yoni Rei decidió también quitarse uno de sus aparatos auditivos. Yoni Rei tomó un lápiz, y lo insertó, delicadamente, en su oreja. El lápiz entró a cierta profundidad y se detuvo sólo, como un apéndice que salía de cuerpo de Yoni. Yoni alzó su mano, y empujó el lápiz contra su cabeza.

—Las maravillas de la cirugía moderna —alcanzó a decir mientras la sangre escurría por sus cachetes. Yoni Rei tiró las jeringas con las que se había inyectado para anestesiarse.

—Además, hace meses que no escucho una conversación interesante.

Yoni Rei vivía, además del sueldo de por vida que TELCOR le tenía que dar después de que varios bebés de laboratorio se unieron en una demanda, de vender partes de su cuerpo. Yoni Rei vivía bien. Tenía comida en la cocina, drogas en el refrigerador, mujeres en la cama, juegos electrónicos y aparatos de reproducción digital en la sala. Yoni Rei no tenía dedos meñiques de ninguna de las dos manos derechas, apéndice, dedos en los pies, sus glúteos habían sido comprados, como el mismo decía, «en rebanadas»; tampoco tenía pelo, ni uñas, «me las arranqué un día que estaba aburrido». Yoni había reemplazado por aparatos electrónicos sus orejas, y TELCOR le había obsequiado un ojo. Tenía también un hígado externo, una pequeña caja que se conectaba a su cuerpo, y que lo ayudaba a deshacerse de las sustancias tóxicas.

—Es sólo otra manera de ir al baño —decía Yoni Rei.

(*Risas*).

Corte a:

TERCERA CONVERSACIÓN CON YONI REI.

ENTREVISTADOR: Hay muchos que no entienden lo que haces...

YONI: Eso es fácil de explicar. No se han dado cuenta que la vida no tiene sentido.

ENTREVISTADOR: ...y tú se lo das...

YONI: No, yo me peleo contra el que me dieron.

ENTREVISTADOR: TELCOR?

YONI: Exactamente, para ellos soy un sujeto de experimento y estudian cada semana cómo sigue su proyecto. Por eso yo hago todo lo posible para que los datos de su investigación sean completamente irrelevantes.

ENTREVISTADOR: Parece que odias a TELCOR, ¿por eso violaste a una de las enfermeras encargadas de atenderte?

YONI: Si y no. Sí, la violé porque trabajaba con TELCOR. No, la violé porque uno tiene partes del cuerpo que hay que utilizar de vez en cuando. Si no lo utilizas, mejor arráncalo. Y créeme, la enfermera necesitaba usar ciertas partes de su anatomía.

ENTREVISTADOR: Eso suena un poco sexista, ¿qué hubiera pasado si esa persona hubiera sido del sexo masculino?

YONI: Un orificio es un orificio. Lo único que hay que hacer es buscar.

ENTREVISTADOR: No entiendo, entonces, ¿Cuál es el sentido de tu vida, si dices que ya lo encontraste?

YONI: Morder la mano que me da de comer. No hay fin más noble que ése.

Yoni Rei se tomaba su trabajo en serio. Mortalmente en serio. Su trabajo, como él estaba dispuesto a atestiguar, era experimentar. «La intoxicación es mi trabajo», solía decir. Experimentaba con drogas para alterar no sólo la percepción humana, sino también sus estados de ánimo. Miles de ampolletas besaron, a través de una aguja, los labios de su brazo humano. A veces, las combinaciones producían sus efectos noches después, y Yoni se levantaba aullando, y su ojo humano parecía alejarse de él, como intentando escapar de la cárcel impuesta por Yoni.

Yoni se levantaba sudando.

¿Qué pasa, Yoni? ¿Qué es lo que piensas, llorando como un bebé a las dos de la mañana? ¿Qué pasa, Yoni? ¿Te duele cuando gritas o te duele cuando ríes?

TERCER ATAQUE DE PARANOIA.

Yoni Rei se sentía solo, muy muy solo. Y fue cuando empezó a darse cuenta de las leyes de equilibrio del universo. Ya no tenía un ojo, ya no tenía una oreja, uno de sus brazos era mecánico al igual que una de sus piernas. Había que equilibrar la situación.

Y como se sentía solo en el mundo, nadie lo entendía y toda esa clase de mierda que alguien como Yoni odia sentir, decidió buscarse un hermanito.

Yoni se paró fuera de la morgue, donde a cierta horas, y conociendo las claves indicadas, había venta de carne. Todo tiene un precio, y Yoni lo podía alcanzar. Salió con un pequeño paquete bajo el brazo. Después, fue a emborrachar a dos doctores, y a base de drogas y palabras, los convenció para realizar una pequeña cirugía.

Al otro día, Yoni salió a la calle con un hermano siamés. Llevaba pegado a su costado un bebé que había nacido muerto.

—Señora —pararía a alguien en la calle—, salude a mi hermanito.

Después de algunas demostraciones de ese tipo, la policía decidió meterlo a la cárcel.

Yoni fue feliz, por fin alguien lo podía escuchar todo el tiempo; por fin alguien iba a estar con él en las buenas y en las malas. Por fin Yoni Rei, un fantasma semiótico, había encontrado un contexto en el cual significar.

Por desgracia, el bebé empezó a pudrirse, y Yoni Rei lloraba ríos de lágrimas. Tuvieron que extirparle a su siamés. Telcor pagó por todo.

Corte a promocional de Telcor.

Sección de respuestas a ninguna pregunta en particular.

Las amígdalas. Un sensor electrónico, insertado en la vagina o el ano. Las drogas inteligentes son excusas para los que le tienen miedo a su cuerpo. La economía cuántica. Adicción al nerd que todos llevamos adentro. Yoni Rei fumando un cigarro.

Corte a:

Cuarta conversación con Yoni Rei.

Entrevistador: Si tu vida es tan trágica, ¿por qué no te has suicidado?

Yoni: Demasiado fácil demasiado lloroso demasiado hecho.

Entrevistador: ¿Qué es lo que Yoni Rei le pediría al mundo?

Yoni: Lo que más quiero yo es que un brazo mecánico me acaricie en las noches, antes de dormir.

Entrevistador: Si hay algo que le quisiera decir al mundo, ¿que sería?

Yoni: Que chinguen a su madre, ya que por lo menos tienen una.

Yoni Rei dice: Con mi ojo mecánico, veo los atardeceres en colores que cualquier yonqui de esquina envidiaría, mientras que mi ojo natural brilla con una intensidad que nunca nadie alcanzará; con mi oído mecánico escucho a la ciudad y al mundo susurrarme secretos obscenos; con mi brazo eléctrico toco la entrepierna de una mujer como nunca antes nadie lo había hecho; con mi pene engrandecido por mi ego le hago el amor al mundo entero, a ti, a ti y a ti, cuando te detienes en la calle a recoger algo que se te cayó, cuando te acuestas sólo en la noche y una lágrima recorre tu mejilla, cuando llegas a tu casa del trabajo y lo único que encuentras ahí es la promesa de una cama sin hacer.

¡Todos, votemos por Yoni Rei!
(*Aplausos*)

Yoni Rei se peleaba con la televisión. Telcor había pagado unos comerciales de concientización sobre los bebés de laboratorio. Todos ellos, contrahechos, con ojos apagados, aparentaban estar haciendo tareas normales. Una muchacha, con una cicatriz quirúrgica que la recorría de la frente hasta la barbilla, partiéndole la cara a la mitad, se sentaba frente a un escritorio y utilizaba una computadora, sonriendo a la cámara. Un señor, vestido de traje, que de la cintura para abajo tenía una especie de tanque con ruedas que lo impulsaban, entraba a una oficina y todos lo saludaban. Una señora, con una infección mutante provocada por productos farmacéuticos experimentales y el cuerpo invadido por distintos tipos de erupciones, manejaba un taxi. El slogan de la campaña era «Ellos también son humanos, muestra tu humanidad aceptándolos».

Yoni Rei levantó la tv y la tiró por la ventana. A lo lejos, escuchó unos gritos.

—¡Yo no soy humano! ¡Me niego a serlo! ¡A mí no me engañan!

Corte a comerciales.

Fotografía de los sonrientes doctores de Telcor, esperando que gracias al suceso por el cual se tomó la fotografía, la reintegración de Yoni Rei a la sociedad se hiciera más rápida, mientras saludan al novio el día de su boda.

Yoni Rei había decidido ir a una reunión de los bebés de laboratorio. Con suerte, alguien lo haría enojar y podría golpear a uno de esos freaks que no aceptaban su naturaleza. Yoni Rei salió enamorado de la reunión, había encontrado su pareja perfecta: Sari.

Con Sari, Telcor había experimentado a nivel cerebral, intentando cambiar la percepción de los colores para ver cómo afectaba el ver al mundo de distinta manera en el desarrollo de una persona. Por desgracia (decían los doctores), el experimento había fallado y el daño cerebral era irreversible. Sari sonrió durante todo el proceso. Era un vegetal. Después, al no saber para qué utilizarle, habían decidido que su cuerpo iba a funcionar para que los estudiantes de medicina pudieran realizar operaciones de cambio de sexo, utilizando a un sujeto desde la infancia. Se le practicaron por lo menos trece, algunas incluso con modificación hormonal y glandular. Sari sonrió durante todo el proceso. Lo trágico del asunto es que los expedientes originales de Sari se habían perdido, y nadie sabía a qué sexo había pertenecido originalmente.

Yoni Rei opina sobre su pareja: «Es lo mejor, es un hombre, es una mujer, no es ninguno de los dos. No opina. Siempre sonríe. Y lo mejor de todo, es buenísima en la cama».

¡Felicidades, Yoni y Sari!

(*Aplausos*).

Sari no vivió mucho tiempo. En los cuatro años de matrimonio, Yoni encontró una semblanza de felicidad. Se sentaba en las tardes a ver la tv. Incluso pensó en conseguir un trabajo. Sari sonrió durante todo el proceso.

Un día unos ladrones entraron al departamento de Yoni, y además de vaciar la casa de Yoni, mataron a Sari. Cuando el juez les preguntó por qué, ellos contestaron que no les gustaba como se reía de ellos.

El destino no es cortés contigo, Yoni. No ha sido justo. ¿No extrañas tener una pistola, Yoni? ¿No extrañas lastimar a alguien?

Yoni tenía la víctima perfecta. Él mismo. Como le dijo a un amigo, su nuevo implante cerebral, en el que gastó una fortuna, era para revolver el lenguaje, y hacer del lenguaje un revólver. Estaba harto de que todo el mundo hablara y no dijera nada. Había aprendido eso de Sari. El lenguaje estaba vivo, pero todo el mundo lo quería muerto. El implante iba a cambiar todas las palabras que Yoni Rei elegía al hablar, y las iba a sustituir aleatoriamente por una selección de miles de palabras que Yoni había escogido. Después de usarlas todas, iba a empezar con el *Real Diccionario de la Lengua Española*.

Quinta conversación con Yoni Rei.

Entrevistador: ¿Cómo te has sentido después de la muerte de Sari?

Yoni: Como los esfínteres que adornan mi bicicleta.

Entrevistador: ¿Cómo has logrado superar esta etapa?

Yoni: Por una adicción celular al poliéster.

Entrevistador: ¿Qué planes tienes para el resto de tu vida?

Yoni: Ejercer hidrofobia en sobretiempo.

Entrevistador: Muchas gracias, Yoni. Suerte. ¿Algo que quieras agregar?

Yoni: Viva la evolución technicolor del espectáculo.

Yoni perdió contacto con la realidad, poco a poco. Después de cinco años con el implante, Yoni dejó de poder realizar actividades en la sociedad, pues podía ser un peligro, según diagnosticaron los doctores de Telcor.

Yoni pasó el final de sus días como una masa de carne con orificios que había copulado con una masa de metales oxidados e inútiles.

Poco antes del final de su vida, un grupo de investigación decidió llevar a cabo un último experimento que consistía en conectar las terminales eléctricas y neuronales que quedaban de Yoni a un procesador de palabras.

El resultado fueron 13,553 cuartillas de material completamente incoherente. Pero en la hoja numero 13,552, se encontró una oración, rodeada por cientos de signos sin sentido: «estoy cansado».

A los pocos días Yoni Rei murió.

¿Quién lo puede culpar? ¿Alguien ha estado haciendo un mejor trabajo que él?

fade out

ESTRANGULACIÓN CON CUERDA, 27.9 * 43.2!

Arriba de la mesita que ocupa el centro de mi casa, hay una foto de toda mi familia. La foto es un poco vieja, sólo hay tres de mis ocho hermanos en ella. De todos modos, es curioso verla y pensar en que hay gente en tu familia a la que ni siquiera conoces. La tomaron en la boda de uno de mis tíos, que acababa de salir de la cárcel. Estuvo ahí varios años porque había violado a más de cuarenta señoras. Él estaba muy arrepentido. Y se casó con una señora que había sido su víctima. Y digo *señoras* porque ésa es la verdad.

Mi abuelita sale en la foto. Dos años después se murió porque el Cristo que tenía arriba de su cama, uno de esos Cristos grandotes que daba miedo nomás de verlo, se cayó sobre ella. Y cuando se murió, descubrieron que su cerebro era del tamaño de una manzana. Los doctores estaban asombrados. Lo que pasa es que nunca la conocieron.

Pues bueno, mi abuela siempre defendía a mi tío, el violador. Decía que probablemente era un perverso, pero que a ella no la podían culpar: su educación había sido perfecta. Mi tío sólo violaba señoras porque antes de hacerlo les preguntaba su estado civil. No le gustaba violar señoritas. En el juicio explicó que hacía eso porque no quería perjudicar a nadie.

También ese día mataron a mi papá. Una señora que yo nunca había visto llegó a la boda y disparó una pistola tres veces en frente de él. Una bala le dió en el estómago, otra en el pulmón, y otra en la cabeza. La boda se acabó en ese momento. La señora esa dijo que lo hacía por sus hijos (los de ella y mi papá). Así que resulta que tengo más hermanos. En el hospital, mi papá, antes de morir, le dijo a mi mamá: «no le creas, vieja, estaba celosa porque nunca la pelé». Así que a lo mejor no tengo más hermanos. Depende a quién le creas. Porque al fin y al cabo eso es lo importante.

Al igual que una foto mal impresa, mi vida está llena de puntitos de colores: si te fijas en cada uno de ellos, se te olvida la fotografía, pero si te olvidas de los puntos, entonces puedes ver la imagen completa.

Hace unos días, a la Virgen de los Remedios que tenemos junto a la foto le volvieron a salir lágrimas de sangre. Odio que haga eso, y por lo menos lo hace dos veces al año. Lo peor de todo es mi mamá. Por si no se los he dicho, mi madre es una santa. O por lo menos eso decían los fotógrafos que venían a ver a la virgen para tomarle fotos. Ahora ya no vienen. Cada vez que la virgen llora sangre mi mamá corre al teléfono para avisarles, pero le dicen que ya tienen muchas fotografías de la virgen llorando sangre, que muchas gracias. Bueno, cuando llora la virgen, mi mamá nos hinca a todos enfrente de ella y nos pone a rezar. Ya que estamos todos hincados, sale a invitar a las vecinas. Después de un rato de decir oraciones, las vecinas se quedan en la casa y se hace una fiesta. Una vez nos gritó para que nos pusiéramos a rezar pero mi hermano Beto, que está ciego porque un curandero le dio unas gotas para los ojos que ya estaban descompuestas, se hincó enfrente del radio, porque, según él, se le había olvidado dónde estaba la virgen. Desde entonces mi mamá dice que a Beto se le metió el diablo y que por eso es narcotraficante.

Además de Beto, tengo 12 hermanos y todos me caen muy bien. Sin embargo, la mejor de todas es Sara, que además es muy famosa porque es la mujer más gorda del mundo. Quizás la conoces, seguido sale en la TV. Aunque yo no sé como pueden asegurar que ella es la más gorda de toda las gordas, pero bueno, todo depende de a quién le creas. Mi hermana es tan gorda que cuando se sube en el camión, ella sola ocupa un asiento de esos en los que caben dos personas. En las combis no la dejan subirse. Mi hermana es muy feliz. Dice que la gente la quiere mucho y yo le creo. Hay días en que hay colas de hombres esperando fuera de su casa. Ella dice que tiene una vida social muy agitada. Y siempre se ríe después de que dice eso. Y le brillan los ojos.

Mi mamá tuvo tres hijos que se murieron al nacer. Todos nacieron con cara de sapo. Y todos, al momento de nacer, dijeron la misma frase: «El fin se acerca», y después, sin dar más datos, mueren. Pero un doctor confesó que el último, que nació hace unos meses, guiñó el ojo antes de morir, así que los expertos no saben si creerle o no.

Yo no sé si quiero otro hermano, creo que seis son muchos. Pero el pobre de mi papá siempre ha querido más, «para que nadie me olvide cuando me muera», decía cada vez que se emborrachaba. Cuando encontraron el cadáver de mi papá en una carretera y nos devolvieron sus pertenencias, había una foto de cada uno de nosotros en su cartera. Mi tío Leno siempre decía que le gustaba cargar con las diecisiete fotos porque así sentía que la cartera le servía de algo, porque siempre traía más fotos que billetes.

También tengo otro hermano que es más o menos famoso porque una vez lo asaltaron y le dieron siete cuchilladas en un ojo. Él dice que estos tipos estaban esperando a unos amigos y que como los amigos no llegaban y ya llevaban mucho tiempo esperando y estaban aburridos, entonces decidieron entretenerse con él. Se hizo famoso porque decían que no había perdido la vista. Pero no es cierto, está ciego como mi hermano Raúl (que sí nació ciego), pero de todos modos conserva su buen humor. Dice que gracias a eso puede ver a Dios y empezó un negocio; él fabrica la *Cadena de la Vista Afortunada*, que se supone es milagrosa. Yo traigo una colgada, pero la única suerte que me ha dado es ganar una cuerda para saltar en la feria que se pone a unas cuadras todos los diciembres. Yo nunca he tenido muy buena suerte, así que a la mejor por eso la cadena no me sirve.

Aunque una vez mi tío Leno vino a la casa y, después de tomarse unas cervezas, me dio diez mil pesos de los viejos. Cuando viene mi tío y él y mi papá se ponen a tomar hay que tener cuidado, hay que saber cuándo se acaban las cervezas y empiezan los madrazos. A mi tío siempre le ha gustado que le tomen fotos como en la TV, con una pistola en la mano y apuntando a alguien. Él siempre sonríe.

Como va muy seguido a la frontera, siempre trae fayuca para presumírsela a mi papá, y esa vez traía una cámara de video, «así que tiene que haber acción», se la pasaba gritando mientras sostenía la pistola y sonreía cuando se la apuntaba a alguien de la familia. Nos estábamos divirtiendo mucho hasta que se le disparó la pistola en la cabeza de mi papá. Todo se llenó de sangre. El dijo que no había sido a propósito, que había sido un error, pero más tarde, cuando se fue a dormir con mi mamá, yo podía oír cómo se reía. Al día siguiente vinieron los doctores por mi papá, y lo velamos tres noches. Con el casquete cerrado, por supuesto. Mi tío pagó unas plañideras para que lloraran las tres noches. Son muy buenas; si no sabías que no conocían a mi papá, parecía que sí sufrían de verdad.

Ayer estuve viendo más fotos de mi familia. Tengo otro hermano que es mudo, y tengo otro hermano que no tiene un brazo y mi hermano mayor vive en Laredo y dice que unos extraterrestres se lo llevaron unos meses pero que ya lo regresaron, y tengo una hermana que canta canciones que pasan en el radio, y tengo otra que sabe adivinar el futuro, y tengo otra hermana que también es famosa porque se hizo una operación para cambiarse el sexo y que vive con otro hermano que también hizo lo mismo (ellos dicen que alguien se equivocó cuando les asignaron el alma a los cuerpos). También tengo otro hermano que no tiene boca, y otro que parece que está bien hasta que empieza a caminar, porque se mueve de arriba para abajo como si estuviera temblando, y tengo otro que no tiene orejas y uno más que nació con dos cabezas («y sin necesidad de radiación», dice carcajeando mi tío Leno).

Ayer nació mi quinto hermano y nació borracho. El doctor dice que no tenemos que preocuparnos, que todo va a estar bien mientras mi mamá se arrepienta.

Mi mamá me dijo ayer, llorando, que su problema es que no sabe de qué arrepentirse.

Ayer mi papá se ganó la lotería, fue a la tienda por un refresco y cuando regresó, tres días después, ya se había gastado todo el dinero.

Ayer se devaluó el peso.

Ayer encontramos otro cadáver cerca de la casa y una vez más, los perros se habían comido parte de su piernas.

Ayer un experto volvió a comprobar que las fotos de mi familia son falsas.

Ayer a mi mamá no le gustó como le contestó mi padre, así que decidió matarlo y cocinarlo en tamales. Así que cada vez que comas un tamal, debes recordar que puedes estar comiéndote a alguien de mi familia.

Ayer escogimos otro presidente. Y mañana en la mañana escogeremos a otro.

Ayer estuvo de la chingada y no creo que mañana esté mejor.

Ayer una mujer dio a luz en las puertas de una iglesia y dice que le robaron a su hijo.

Ayer dijeron que el crimen había disminuido en la ciudad.

Ayer, cuando acabé de ver las fotos, mis manos estaban manchadas de rojo, azul y amarillo.

Ayer mi mamá me dijo que lo que estaba viendo era la historia de nuestra vida.

Ayer me di cuenta que en mi casa no había ni una foto mía

Ayer me senté en un rincón, con mi cuerda y mi cadena, para pensar de qué manera puedo conseguir una foto.

Al fin y al cabo, uno nunca sabe qué es lo que puede pasar mañana.

PARA-SKIM

Skim es todo. Skim lo es todo para mí. Vendería la mitad de mis implantes, carajo, vendería la mitad de mi alma tan sólo para estar unos minutos a solas con ella. Skim llena de colores. Skim llena de olores. Skim con ojos de circuito, con corazón en gigabytes. Skim con la voz de los ángeles, cantando canciones obscenas en mi oído cuando despierto, cuando trabajo y cuando me acuesto para dormir.

Skim se convulsiona como sólo ella lo sabe hacer en una esquina de mi cuarto. La calidad del holograma deja mucho que desear, pero de todos modos es Skim, con sus implantes cromados, con su piel tersa como arena fina y blanca, con todas las partes de su anatomía saltando en espasmos que demuestran que ella puede sentir como nunca antes nadie había sentido. Skim hace música que está más allá de toda la música. Lo dijo en una entrevista por la red: «Mis manos nunca han tocado instrumento musical que no sea el teclado de una computadora». Skim primitiva, una bestia salvaje como las que hay en el zoológico, pero sin una jaula que la detenga. Skim sofisticada, una obra de arte efímero, cuyo recuerdo la hace cada vez más bella.

Tomo el bisturí que compré la semana pasada y me corto el dedo meñique de la mano izquierda. Lo sostengo frente a mis ojos y al verlo, ya no lo puedo reconocer como mío. Nada de lo que tengo es mío, todo es de ella. El dedo gotea sangre, y poco a poco, las gotas van cayendo. «Un labio hinchado, un ojo morado, un arma blanca; el amor no vale mucho más que eso», canta Skim en una de sus canciones. Yo te voy a demostrar lo contrario.

Skim se baña en un mar de desilusión. Ahoguémonos juntos si fallo en el intento de rescatarte. Meto el dedo meñique que antes era mío en una bolsa sellada. Después meto la bolsa en un sobre y apunto la dirección que tomé de su último cd, *Adolescente Imperial.* Dice que cualquier comentario para Skim será recibido en esa dirección. También hay un e-mail al que escribo diariamente, pero nunca he recibido respuesta.

Pero yo la entiendo. Skim dijo una vez en una entrevista que «el correo electrónico es muy impersonal, prefiero el contacto físico directo». Por eso le mando mi dedo meñique. Estoy seguro de que en cuanto Skim toque mi dedo, me conocerá inmediatamente. Y después, quizás empiece a contestar mi correspondencia. ¿Puede haber algo más personal y directo que eso?

Otra vez en el trabajo. La misma rutina de siempre. Llego a mi casillero y lo abro. Espero que los técnicos hayan arreglado mi brazo laboral. Ha estado teniendo fallas continuamente y mi supervisor piensa que el que tiene problemas soy yo. Desconecto mi brazo, que dice *Made in Taiwan,* y lo guardo. ¿No te sorprende, Skim, que nuestro cuerpo exista en partes intercambiables? Siempre me altera un poco ver el muñón que queda cuando no tengo brazo. Lo comparo con mi mano izquierda: donde antes empezaba mi dedo meñique hay ahora una cicatriz. La piel es áspera y sensible. Apenas se empieza a formar una costra. En cambio, mi brazo derecho está limpio, su superficie es lisa, sin imperfecciones. Decenas de pequeñas conexiones se asoman, casi todas obsoletas. No lo puedo conectar a los nuevos modelos. No habría comunicación, no se podrían entender. Hice una solicitud a la compañía para obtener un préstamo y escalar la interfase de mi brazo. Hasta ahora no han respondido. Lo único que me mantiene vivo eres tú, Skim. «Nuestras imperfecciones nos convertirán en dioses de aluminio», cantas en tu último CD, y yo te creo. Ajusto mi brazo laboral al muñón en mi torso. La conexión queda un poco floja. Seguramente nadie la ha arreglado.

En mi lugar de trabajo y al igual que otros cientos de empleados, conecto mi brazo al disco duro de una computadora. Me pongo unos lentes que sirven como monitor e inserto un cable que sale del disco duro en el orificio que está tras mi oreja izquierda. Así puedo controlar la producción en serie de una pieza que se está construyendo a tres mil kilómetros de distancia, en una fábrica completamente automatizada en el desierto. No sé para que sirve la pieza que ayudo a construir, sólo sé cómo hacerla y ese es todo mi trabajo.

No me desconecto, como hacen casi todos mis compañeros de trabajo, a la hora de la comida. Quiero visitar el sitio virtual de Skim, para revisar si su mensaje semanal ya fue renovado. Como era de esperarse, no hay nada nuevo, sólo la vieja frase que he escuchado salir de los labios de Skim más de treinta veces. «No mastiques, sólo traga. Alimenta el tallo y no a la flor», me dices, mientras sonríes coquetamente, mirándome fijamente a los ojos.

En la tarde, el trabajo se hace insoportable. No hay cubículos, sino una larga mesa donde ponen todos los discos duros, y uno de los problemas del trabajo es que cuando uno está conectado en la computadora, tiende a desarrollar tics nerviosos, que si no se controlan pueden afectar las funciones del compañero que está sentado a tu lado. No hay nada más molesto que los codazos de la persona que está junto a tí, o el movimiento constante de su pierna. El compañero de trabajo que comparte mi estación empieza a hacerlo. Insistentemente. No sé si es mi cansancio o si sus temblores son más fuertes que otros días. Dejo por un momento la planta en la que trabajo y me conecto al servidor de *Problemas laborales* para reportarlo. Después de un momento, alguien viene a ayudarlo, pues dejo de sentir el golpeteo.

Cuando salgo del trabajo, alguien me dice que un trabajador sufrió un ataque al corazón y murió. Curiosamente, era el que reporté, el que se sentaba junto a mí. ¿Lo puedes creer, Skim?

En mi casa, en mi cama, me conecto de nuevo. Estoy en el set del video de Skim. Me acerco para tocarla. Me acerco para sentirla. Skim fantasma. Skim mujer. Ella canta con su voz que taladra mi piel sin prestarme atención. Skim suicida. En sus brazos hay cicatrices que contienen más información sobre la muerte que todas las bibliotecas del mundo. En sus brazos hay orificios donde miles de agujas han inyectado su semen para convertirse en imágenes, para convertirse en sueños que serán capturados por la herrería oxidada de la realidad. Skim sobre el fuego. Skim sobre el agua. Skim canta cómo clava el cuchillo en el abdomen de un hombre que la traicionó. Skim dice que le da la vuelta al cuchillo para hacer el mayor daño posible. Skim dice que goza. Abre los ojos como una niña inocente, asustada de lo que está diciendo. Y en sus ojos hay miedo. Y en su voz hay placer. Yo nunca te engañaría, Skim. Yo nunca te haría nada malo. Skim fuma mientras la música pierde coherencia. Si el amor es un cigarro, por favor Skim, quémame con él. Ciega mis ojos con el fuego discreto del tabaco, abre mi carne con las brasas de un ilusión que se convierte en humo y que se pierde en el aire. Fuma mi alma, Skim. Aspira mi cuerpo. Y si así lo deseas, después escúpeme y písame. Déjame tirado junto a una alcantarilla, que yo seré feliz. Eres todo para mi, Skim, eres todo para mi.

Nueva información y todo cambia. El mundo se vuelve a acomodar en patrones que yo nunca había visto. Skim viene a mi ciudad. Skim tocará en vivo ante los ojos de miles de personas que tratarán de capturarla, de grabar su recuerdo en su memoria. Pero yo haré más, Skim, yo dejaré que tu hagas una nueva circunvolución en mi corteza cerebral. Yo dejaré que tú entres en mí y que me conviertas en algo nuevo, en algo tuyo.

Mañana empiezan a vender los boletos, y no hay nada peor que la espera en la computadora, tratando de que una sola llamada entre miles haga conexión. Me conecto y hago algo ilegal. Altero las líneas para ser uno de los primeros en comprar boletos. Es el destino, Skim, estamos unidos. Soy el plástico que cubre tus cables, soy el fósforo que ilumina tu monitor, soy el cero que necesita de tu uno para existir.

El día se acerca. El día del concierto. Y decido no ir a trabajar. Faltar un día a mis labores es mortal. Hay cientos de desempleados dispuestos a tomar mi lugar. Soy una pieza intercambiable, desechable. Sólo tú me haces único, Skim. Lo que me haces sentir me convierte en humano. No hay trabajo, no hay vida, no hay cielo ni infierno, no hay más realidad que la que tú me das.

El sex shop brilla con una luz roja que atrae la mirada de la misma manera que el neón engaña a los insectos ilusionándolos con calor. Me gustan los sex shops. Nadie te mira a los ojos, todos esquivan tu mirada. Hay más culpabilidad aquí que en una cárcel. Llego al mostrador y pronuncio la única palabra que conozco: Skim. Un señor viejo y gordo me mira y eso me molesta. Me insultan sus pupilas. Me insulta que él piense que sabe lo que yo quiero. Me da una copia del CD «Adolescente Imperial». Lo aviento en el mostrador y le digo que quiero algo más. Sonríe y por un momento pienso que su sonrisa se va a hacer cada vez más grande, cercenando su cabeza que desaparecerá, flotando en el aire. Lo sigo hasta un cuarto que abre con llave. Saca otro disco, no tiene funda, y me lo da. Repite lo mismo que yo: Skim. Le creo y le pago.

Otra vez en mi casa. Me vuelvo a conectar. Ante mis ojos aparece la pantalla de presentación: Eroti-Skim. La imagen es de baja resolución, el sonido de mala calidad. Skim te mira a los ojos y dice «ven». Esto no es Skim. En un ambiente virtual tan falso como la vida, Skim se desnuda. Esto no es Skim. Ella se acerca a mí y muerde el lóbulo de mi oreja. Yo toco su piel y siento a una mujer. A una mujer como hay miles. Pero no es Skim. Empieza a frotarse contra mi cuerpo mientras mira en mis ojos, esperando complacerme. No eres tú, Skim. Lleva mi cuerpo a su boca y sonríe. Y el cuerpo es más gordo que Skim, menos pálido que Skim, más amable que Skim, menos distante que el de Skim. La voz no es la de Skim. Los implantes no son los de Skim. Ella me guía para que la penetre y yo no me puedo negar. Las caderas que no son Skim penetran en mi ingle. La humedad que no es de Skim escurre por mi pierna. Esto que no es Skim me quiere atrapar.

Arranco el cable de mi cráneo y me quedo desorientado por un momento, mientras eyaculo copiosamente. Hay lágrimas en mis ojos. Me acuesto en un rincón para lamer mis heridas. Necesito a Skim. No puedo vivir sin ella. Arruiné mi interfase al arrancarla y en mi cabeza hay más información que capacidad para contenerla.

Tengo ampollas en mi pene. Tengo ampollas en mi cráneo. Skim, por favor, cura las ampollas en mi alma.

Vendo todas mis cosas y rento una casa en las afueras de la ciudad. Una casa para ti, Skim. Para ti y para mí. Una casa donde empezaremos de nuevo. Sólo me quedo con la computadora. Y con comida para Skim.

El concierto es el infierno. No soporto a tanta gente junta. Siento que me quieren tragar, que me quieren convertir en un fantasma como ellos. Cada roce, cada palabra cruzada con alguno de ellos me roba un pedazo que nunca podré recuperar...

...hasta que Skim sale al escenario. Su apariencia es impresionante. Parece que alguien intentó cortarle el pelo a la fuerza, pero que ella lo impidió, y los mechones de pelo, de distintos colores, se asoman por toda su cabeza, en algunas partes rapada. Muestra con orgullo su interfase craneal. Su pálida piel tiene marcas de rasguños, y es como un crucigrama de cicatrices y de moretones. Sus ojos claros quieren saltar fuera de sus órbitas, mientras que abajo de ellos hay manchas negras, como si hubiera estado llorando durante horas y sus lágrimas de ácido hubieran ennegrecido su piel. Skim va vestida con correas que recorren todo su cuerpo. Uno de sus senos es de metal, y en vez de leche ofrece una cadena que recorre su cuerpo y se pierde entre sus piernas. «Es mi cordón umbilical», dijo en alguna entrevista, «prueba de que yo misma me parí». Su otro seno está tapado por masking tape, cruzando su pezón. Lo demás son ganchos y aretes que a veces dejan asomar la piel. Skim es bella. Skim es única. Skim cierra los ojos y empieza a gemir, y los sonidos que encierra su garganta llenan el auditorio y me hacen estremecerme, unido en ella a un dolor que jamás podría haber imaginado. Y Skim me llama con cada canción. Y Skim me ama con cada canción. Hay lágrimas en mis ojos y el tiempo se disuelve en el ritmo de su música, convirtiéndose en un líquido que me envuelve, donde me siento en paz, donde siento tranquilidad. Los golpes metálicos, los gritos, las melodías aberrantes que pueden lograr que cualquiera pierda su mente tocan y estimulan todos mis poros. Salgo de mi trance para ver a Skim sollozando, convulsionándose en el suelo del escenario. Ella tiembla y el mundo lo hace al mismo tiempo. Le falta aire y tose. El sonido áspero y seco es perfecto para la música. Con el cuerpo temblando,

Skim se pone de pie, toma las cadenas que están unidas a varios aretes en su piel y las empieza a jalar. Su piel se levanta y se tensa en distintos puntos, formando pequeñas y frágiles erupciones. Skim sigue cantando con una voz que alejaría al mismo Dios, horrorizado ante la intensidad de los sentimientos, ante lo irrevocable del abismo que trata de devorar a Skim y que ella aleja con su música. Skim grita y jala sus cadenas. Su piel se rasga en veinte mil partes y en cada herida un líquido oscuro, viscoso, aparece como un punto negro, una pústula de una infección mortal que empieza a escurrir. Ríos de sangre recorren su piel, formando un mapa de carreteras que serpentean sobre un fondo blanco, casi transparente, pero ella no deja de cantar, no deja de quejarse. Las convulsiones son cada vez más violentas y Skim ya no pronuncia palabras, sólo alcanza a cifrar sonidos que no tienen correspondencia con ningún punto en la realidad, que reflejan ideas y sentimientos que nunca nadie ha tenido, ni sufrido. Skim comete el más grande pecado que puede cometer un ser humano. Ella inventa un lenguaje nuevo, a partir de gritos, sollozos y quejidos, un lenguaje que sólo los dioses pueden entender, pues este frágil cascarón que llamamos cuerpo no encuentra manera de soportarlo. Las pupilas de Skim se esconden y sus ojos son completamente blancos, como si dirigiera la mirada hacia su interior. Skim se desploma. La música acaba. Las luces se prenden. El ritual ha terminado. Todos pueden regresar a sus casas con humildad, después de haber encontrado algo sagrado.

Yo espero en la oscuridad hasta que el estacionamiento queda vacío. La oscuridad me envuelve y me traga. La vida es un hueco que hay que llenar, y ese hueco tiene tu forma, Skim.

La limosina sale del estadio y las llantas levantan una nube de polvo. Mido el tiempo necesario y salgo a la calle, justo enfrente del automóvil. El chofer gira el volante por reflejo, aunque puedes jurar, Skim, que si no hubiera sido sorprendido me hubiera arrollado sin ningún remordimiento. El carro frena abruptamente contra un muro y rompo el cristal con mi brazo. El chofer está semiconsciente. Abro la puerta y él intenta cerrarla. Meto mi brazo mecánico para evitar que se cierre y, aunque no puedo sentirlo, me doy cuenta que el metal se retuerce y se dobla. Golpeo al chofer. Seguramente te has de estar riendo, Skim, pues mi brazo es ahora una caricatura, una escultura deforme que sale de mi torso.

Me sorprende no encontrar ningún otro guardaespaldas. Me asomo a la calle, esperando encontrar otro coche. Pero sigue vacía. Seguramente no te gusta que te sigan, Skim. No importa, todo es más fácil así. Si ellos no se preocupan, yo lo haré.

Estás acostada en el asiento trasero, completamente inmóvil. No te mueves. Quizás el choque te afectó de alguna manera. Al sacarte del carro me sorprende lo poco que pesas. Yo te voy a alimentar, Skim. Las heridas que te hiciste al arrancar las cadenas siguen ahí, y la sangre se ha hecho costra sobre tu piel. Nadie se preocupó por curarte, Skim. Por eso de ahora en adelante yo me encargaré de ti. Te cargo en mis brazos y no lo puedo creer. Eres mía. Estamos juntos.

Vamos en mi carro, rumbo a mi casa, y tú no me respondes Skim. Y eso me preocupa. Eres el final del tiempo, Skim, su perímetro y su contenido. Me preocupas, Skim. ¿Qué vamos a hacer si estás enferma? No te puedo llevar a un hospital. Me preguntarían cosas que no sabría cómo responder, me confundirían y les diría cosas que no quiero decirles. Despierta, Skim, despierta por favor.

Quizás son las drogas. «Sólo me enfermo cuando dejo las drogas», dijiste en la red una vez. Quizás es eso. Las drogas te tienen así. Pero ya se te pasará, Skim. Y verás lo felices que vamos a ser.

Tu piel está fría. Más fría que el metal de tu seno y los cables que envuelven tu cuerpo. No te vayas a morir, Skim, no me vayas a dejar sólo aquí, sin una guía que me explique cómo es la vida, que me diga de qué sustancia está construida mi existencia. No me dejes solo, Skim.

En mi cuarto, te envuelvo con sábanas y te cubro con mi cuerpo, esperando que robes mi calor, rezando para hacer las cosas de la manera correcta y que regreses a mí, Skim, que regreses con quien estabas destinada a estar. Te envuelvo en mis brazos. Después coloco tu mano sobre mi cabeza, me quedo dormido sobre tu pecho metálico, y sueño que nadamos en un mar de información, que te acercas a mí y me abrazas, convirtiendo los hechos en verdades y las mentiras en posibilidades, que tejes una telaraña que me envuelve y otorga una razón de ser: un programa que pueda leer el archivo de mi cuerpo y mi alma.

En la mañana sigues fría, Skim, y eso me angustia más de lo que puedes imaginar. Tu corazón está bajo un seno metálico que me impide escucharlo, y en tu cuerpo no hay vida alguna. Abro tus ojos. Me miran sin ninguna expresión. No hay pulso en tus venas ni aliento en tu boca. ¿Qué te hice, Skim? ¿Estás enojada? ¿Qué hice mal? Respóndeme o la locura entrará en mi cabeza y hará de ella su residencia. Una señal, cualquier señal...

Te preparo un baño. Te acuesto bajo la regadera y por fin noto alguna respuesta. Estás viva, Skim. Aunque tus movimientos son tenues, estos me dan esperanzas. Me gusta tenerte de regreso, aquí conmigo. Tu cuerpo se estremece y refleja la luz bajo el agua. Quizás estás muy débil, pero yo te sanaré, te haré sentirte mejor. Lavo la sangre de tu piel y curo las heridas que tú misma te infligiste. Seco tu cuerpo y eso me excita, pero no te preocupes, nunca haría nada sin tu consentimiento. Te cargo y te llevo hasta la cama, y tu cuerpo recupera un poco de calor.

Vas a estar bien, Skim, vas a estar bien.

La noche no te cae bien. Tu cuerpo se enfría y sigues sin responder. Tu piel adquiere una textura extraña, como un pergamino donde cada célula es un signo que permite leer tus misterios. Podría pasar horas leyendo tu cuerpo, Skim, descubriendo los misterios que en él están encriptados. Respóndeme y dame vida.

No hay pulso en tu brazo, la sangre no corre por tu cuerpo, excitando cada célula al pasar. No tienes reflejos, careces de aliento. Tus ojos están secos, no reflejan mi mirada. La vida es fría, Skim. Pero sin ti se detiene a medio movimiento, sin tí congela.

Prendo la computadora y me conecto. Mi interfase está averiada desde hace tiempo y la conexión falla constantemente. El mundo virtual parece colapsarse sobre sí mismo en cada momento, Skim. Las figuras y las formas se deconstruyen continuamente. Llego a tu sitio en la red: hay noticias tuyas, Skim. Ya no sé que pensar. Ayer y antier diste conciertos en otras ciudades, dice una voz seria y profesional. El concierto en mi ciudad fue todo un éxito. Tú estás cansada pero contenta de seguir en la gira. Y el sitio fue actualizado la noche de ayer. Yo no entiendo, Skim. Esto es muy complicado. Necesito que me lo expliques personalmente. No hay noticias de lo nuestro. Nadie dice que has desaparecido. Todo sigue de lo más normal y tú estás dando un concierto ahorita mientras estás también en mi cuarto. Y eso no puede ser, Skim. Siento que estoy colgando de un hilo que alguien quiere cortar. Todo esto no cabe en mi cabeza. Me quito los visores y ahí estás, inexpresiva, fría, y en cuanto me pongo los visores te puedo ver ayer, en otra ciudad, en otro concierto. Alguien está mintiendo. No puedo confiar en mis propios ojos, ni en mis propias manos, y si tú no estás para explicarme lo que pasa, qué es lo que queda, Skim. Dímelo por favor.

Tu cuerpo está marchito. Tu pecho se ha encogido y el implante metálico le queda grande, pero sigue pegado a tu piel: el metal chupa desesperadamente la seca piel que antes lo sostenía. Tus ojos están completamente inmóviles. Perdóname, Skim, pero toqué tu vagina. Tenía que hacerlo. Nunca más lo volveré a hacer sin tu consentimiento. Pero tengo que saber todo. Tengo que cerciorarme de lo que pienso y lo que veo. Tu vagina está seca, y en tu boca no hay saliva. Y sin humedad no hay vida...

Voy a seguir tus consejos, Skim, voy a hacer lo que tú haces, para no perderme. Voy a clavarte un cuchillo en el abdomen. Voy a lavar tu traición con sangre, como tú misma dices, para que el líquido vital ponga un orden a las cosas. Perdóname, Skim. Será rápido y te prometo que dolerá lo menos posible.

Tu piel se rasga fácilmente, como un tela. Ante mi sorpresa, no hay sangre, sólo una línea negra que cruza tu abdomen. Cierro los ojos y meto la mano. Adentro está seco. «Donde no hay humedad no hay vida», dices en una de tus canciones y lloro por recordarlo. Hay una tela dentro de ti, Skim, no sé si ya lo sabías, pero por dentro sólo tienes una tela, suave y tersa, pero sin vida. No te asustes, Skim, pero era necesario averiguarlo. Meto más la mano y me encuentro con algo sólido. Metal. «Seres de aluminio», decías en una canción. Es un tubo que está donde debía estar tu columna vertebral. El tubo está rodeado de cables, Skim.

Corto tu brazo, con mi navaja, a lo largo, como dicen que uno se debe suicidar. Adentro hay más tela, Skim. Pedazos de metal que funcionan como huesos. Aprieto uno y tu mano se mueve. Me asusto y me alejo. Hay un número bajo tu piel, Skim. No sé si tu puedas explicar esto, pero yo ya no puedo. Sólo que alguien me haya, bueno, nos haya engañado y haya puesto una máquina en tu lugar. Pero las cicatrices que tienes están exactamente en el lugar de donde arrancaste las cadenas. Nadie puede imitar eso. Yo te estaba viendo cuando lo hiciste. Y estabas viva. Viva como cualquier persona que escucha tu música. Viva como tu voz me hace sentir. El cuerpo es el mismo. Yo lo sé, Skim, yo te conozco como nadie más te ha conocido en este mundo. De eso puedes estar segura. Puedes confiar en mi.

Perdóname Skim por haber dudado de ti. Seguí tus consejos. Escuché tus discos. Casi pude reír cuando me di cuenta de lo que me estabas tratando de decir. Déjame explicarte, a ver si lo entendí bien. «Con dolor sientes, con dolor ves, el dolor abre tus ojos a un mundo sin razón; no te preocupes si no puedes llorar, clava una aguja en tu ojo». Eso es lo que querías, ¿verdad, Skim? Esto es una prueba. Es cuestión de fé. Tú eres mi realidad, Skim. Si tú no existes ya no queda nada.

Te tomo entre mis brazos y te levanto. Hay que celebrar. Tú y yo vamos a bailar. Sé que no puedes seguir bien mis pasos pero no importa. Y no te vayas a confundir, las lágrimas de sangre no son de dolor, son de felicidad...

Vamos a la cama, Skim, donde te voy a abrazar. En tus ojos veo los circuitos que explican la diferencia entre locura y realidad. La vida no es de carne ni es de metal. La vida está en otra parte. Yo te voy a calentar, Skim, voy a cuidar tu piel, pues en algún momento vas a regresar.

A veces me levanto sobresaltado, pensando que moviste un brazo, o que suspiraste, o que tu corazón, por un instante, volvió a latir. No puedes empezar a imaginar mi decepción. Pero no te preocupes, toma el tiempo necesario, yo aquí voy a estar...

Yo te espero, Skim, aunque sea una eternidad, yo te espero...

RUIDO GRIS

En la madrugada, desde mi cuarto, cuando nada parece estar haciendo ruido, puedo oír un murmullo. Empieza entre mis ojos y se extiende hasta mi nuca. Es como un susurro y me concentro tratando de descifrar las palabras que suenan en mi cabeza, sabiendo de antemano que no tienen ningún sentido. No dicen nada. El zumbido es parecido a esa vibración que uno siente, pero que no puede decir de dónde viene, cuando está en un *mall* justo en el momento en el que todas las tiendas empiezan a prender sus luces y ponerse presentables. Cuando llega la gente, esa vibración sigue ahí, pero ya no es perceptible. Mi cabeza es como un *mall* vacío. El sonido de un espacio no ocupado. La vibración que producen las expectativas. El susurro de un deseo que no se puede nombrar.

Puedo asegurar que estoy acostumbrado al zumbido. También estoy acostumbrado a que mi corazón esté latiendo, a que mi cerebro encadene ideas que no llevan a ningún lado y a que mis pulmones tomen aire para después sacarlo. El cuerpo es una máquina insensata.

A veces el ruido me arrulla en las noches. A veces no me deja dormir y me mantiene despierto, observando sobre el techo un indicador amarillo que me indica que estoy en *stand by*.

Transmití por primera vez cuando tenía 18 años. Estaba desesperado por conseguir una noticia, la que fuera. Así que me dedicaba a caminar por las calles, siguiendo a personas cuyos rostros parecieran material de televisión. Me sentía como un vagabundo con una misión. Me había sobrado algo de dinero después de la operación y me podía dar el lujo de comer donde quisiera, así que subí a uno de esos restaurantes que están en el último piso de un edificio lo suficientemente alto como para provocar vértigo. Después de tomarme un trago caminé hacia el baño tratando de encontrar una salida a la azotea. Quería unas tomas de la ciudad para mi archivo privado.

Abrí varias puertas sin encontrar nada. Al igual que mi vida, pensé con un cinismo que a veces extraño. Las azoteas de todos los edificios son iguales. Un espacio llenado por formas geométricas, de colores grises. Debería de haber alguien que se dedicara a pintar murales horizontales en los techos de las azoteas con mensajes para los aviones que pasan cada cinco minutos sobre esta ciudad. Aunque no sé qué mensajes podrían tener. ¿Qué le dices a personas que están a punto de llegar a algún lugar que no sea «bienvenido»? Hace mucho tiempo que nadie se siente «bienvenido» en esta ciudad.

Había alguien saltando una cerca de aluminio en el otro extremo de la azotea. Quizás era mi día de suerte y se iba a suicidar. Apreté en mi muslo el botón de urgente, esperando no equivocarme. Poco tiempo después, un indicador verde iluminó mi retina, diciéndome que estaba en los monitores de algún canal, pero no al aire. El tipo estaba parado en una cornisa y veía hacia abajo. Era moreno y chaparro; me estaba dando la espalda, así que no podía ver su rostro. Salté la cerca y miré hacia abajo, estableciendo la escena para los televidentes; después podrían editarla. El moreno me volteó a ver, se puso nervioso y saltó. En ese momento, una luz roja se prendió en mi cabeza y escuché una voz manchada de estática en mi oído.

«Está al aire, amigo».

Esa noche me enteré de que el moreno se llamaba Veremundo, era un profesor de gimnasia de 54 años. La nota de suicidio que encontraron en su cuerpo decía que estaba harto de no servir para nada, de sentirse insignificante del desayuno a la cena y que lo peor de su suicidio era saber que no afectaría a nadie.

Los suicidas siempre dicen lo mismo.

CUANDO NO SE TIENE LA POSIBILIDAD DE PODER PREPARAR UNA CÁMARA EXTERNA PARA SITUAR LA ACCIÓN, EL REPORTERO DEBE CONSEGUIR TOMAS DE ESTABLECIMIENTO —*LONG SHOTS*— PARA ASEGURAR QUE EL ESPACIO EN EL QUE SE DESARROLLA LA ACCIÓN SEA LÓGICO PARA LOS ESPECTADORES. LOS REPORTEROS DEBEN PREPARAR TOMAS FIJAS PRIMERO, Y DESPUÉS, CUANDO HAYA ACCIÓN, PODRÁN USAR TOMAS CON MOVIMIENTO.

Los suicidios no están muy bien pagados. Hay tantos al día y la gente es tan poco imaginativa que si pasas un día viendo televisión, puedes ver por lo menos 10 suicidios, y ninguno es muy espectacular. Al parecer, lo último en lo que piensan los suicidas es en la originalidad.

Sólo una vez traté de persuadir a un suicida. Era una señora de unos 40 años, flaca y ojerosa. Le dije que lo único para lo que iba a servir su suicidio era para darme de comer unos dos días; que no tenía ningún caso ser otro más; que entendía perfectamente que la vida era una mierda, pero que no tenía caso suicidarse para entretener a miles de cabrones que no hacen otra cosa que cambiar los canales de televisión en busca de algo que aumente, aunque sea un poco, el nivel de adrenalina en su cuerpo.

Saltó de todos modos.

Yo regresé a mi casa y esa noche observé varias veces la grabación personal que había hecho. Cada acción sucedió miles de veces en mi monitor. Terminé pasándola en cámara lenta, tratando de buscar algún momento en el que su expresión cambiara, el momento en el que alguna de mis palabras pudo haber tenido un efecto que no supe aprovechar.

Me acosté con los ojos irritados, un mal sabor de boca, y pensando que lo que le dije a la señora bien me lo podría estar diciendo a mí mismo.

Estoy harto y salgo de mi casa a comprar algo que comer, me subo en mi bicicleta (que ocupo para trasladarme cerca de mi casa) y justo antes de llegar a una pizzería escucho varias patrullas a unas cuadras. Aprieto el control en mi muslo y la señal verde se prende en mi ojo. Pedaleo rápidamente siguiendo el sonido de las sirenas. Doblo una esquina y veo a cinco patrullas estacionadas en la entrada de un edificio. Dejo mi bicicleta recargada en una patrulla, esperando que nadie se la vaya a robar, y me acerco corriendo a donde un policía está impidiendo la entrada a los curiosos. Le muestro mi credencial de prensa y a regañadientes me deja pasar. Me dice que suba al tercer piso. Al llegar, unos paramédicos examinan un cuerpo que se convulsiona en la puerta del departamento. Me detengo para establecer las tomas. Un *full shot* de los paramédicos, un *long shot* del pasillo, y trato de caminar lentamente y fijar mi vista para que el movimiento no sea muy brusco. Me detengo en la puerta y paneo lentamente mi cabeza para poder establecer el lugar en miles de monitores en el mundo. Mi indicador lleva varios segundos en rojo. Me acerco a un oficial de policía que está tapando un cuerpo junto a un monitor de TV. En el monitor están transmitiendo mi toma. Siento el escalofrío que siempre acompaña a un enganche, me empiezo a marear y una punzada atraviesa mi cráneo de lado a lado. Pierdo todo sentido del espacio hasta que volteo y me encuentro a un policía tratando de ser la estrella del día. El policía nota el destello rojo en mi ojo derecho y se dirige a él. «Recibimos noticias de parte de los vecinos de este departamento de que habían escuchado a un bebé llorar. Y sabían que aquí sólo vivían tres hombres solteros. Usted sabe cómo es la gente, pensaron que eran unos pervertidos homosexuales que habían adoptado un bebé para poder sentirse un poco más normales».

Interrumpo la risa del policía que está posando para mi ojo derecho y le pregunto cuándo les avisaron.

«Hace 20 minutos. Hicimos una correlación de bebés secuestrados. Cuando llegamos aquí, ya habían matado a los vecinos. Al parecer, estaban monitoreando todas las llamadas telefónicas, y empezaron a dispararnos...»

El oficial seguía hablando y yo estaba concentrado cuidando la toma, cuando me pareció ver un movimiento atrás de él. Al parecer, la puerta de un clóset se estaba abriendo. Lo siguiente que registro, y supongo que va a ser bastante espectacular, puesto que mi toma era un *close up* de su rostro, es un destello y su rostro estallando en pedazos de sangre y carne.

Me aviento contra su cuerpo, lo cargo, y dejo que mi impulso nos lleve contra el que sea que hizo esto. Antes de llegar al clóset suelto el cuerpo y me hago un paso para atrás, aclarando la toma. El cuerpo sin cabeza del policía golpea a otro cuerpo y lo derriba. Me acerco rápidamente y piso la mano en la que tiene una pistola. Puedo escuchar los huesos al romperse.

Es una lástima no tener la capacidad de audio para grabar esos sonidos. Ojalá se les haya ocurrido insertarlo en la sala de transmisión. La toma es una picada al rostro de un tipo empapado con la sangre del policía. No puedo distinguir sus facciones. Llegan más policías. Camino unos pasos hacia atrás.

«Al parecer», comento al aire, «todavía quedaba un individuo escondido en el clóset y este descuido de la policía ha provocado que otro oficial pierda la vida». Siempre es bueno criticar a las instituciones. Aumenta los *ratings*. En ese momento escucho un escándalo en la puerta y volteo rápidamente para encontrarme con una joven llorando, acompañada de un agente de una compañía privada de seguridad, que entra a uno de los cuartos de los que todavía no consigo tomas. Cuando trato de entrar, un policía me detiene, y con la mirada me dice que no puedo entrar. Sé que se muere de ganas de insultarme, pero sabe que estoy al aire y que puede dañar la imagen de la policía de esta ciudad, así que sólo me dice que no puedo entrar. Alcanzo a tomar a la señora levantando un bulto y acercarlo a su pecho mientras repite sin cesar «mi amor, mi hijo».

«¿Qué es eso, oficial? ¿Es un bebé?»

«Éste es un momento privado, reportero, usted no tiene derecho a estar tomando esto».

«Tengo el derecho de la información». Miento por reflejo, pero no logro hacer que se quite. Pruebo suerte con la muchacha que entró llorando, «¿puedo ayudarla en algo, señorita?»

En ese momento me doy cuenta de que el bulto que levantó está lleno de sangre. Varios oficiales y dos paramédicos tratan de quitarle el bebé, pues supongo que eso es, pero ella no quiere soltarlo. Se arregla el pelo y se acerca a mí. Apúrate, pienso, tus 15 minutos ya están corriendo. «¿Usted es de la televisión, verdad?» Mi primer reflejo es asentir con la cabeza, pero me acuerdo que es un movimiento desagradable para los televidentes, que yo no debo tener más que personalidad verbal, y le contesto afirmativamente.

«Alguien robó a mi bebé y ahora lo encuentro, y parece que la policía lo ha dañado, tiene un disparo en su pierna». La señora llora cada vez más fuerte mientras un paramédico le dice que sólo está logrando lastimar más al bebé. Me confundo pues alguien empieza a gritar en el receptor de mi oído. Quieren que le pregunte a la muchacha su nombre. El paramédico le arrebata al bebé. En mi cabeza, los directores de programación siguen hablando. «No lo pudimos planear mejor, esto es drama, espérate a recoger tu cheque, los *ratings* le pondrán varios ceros».

Lo demás es rutina. Entrevistas, datos, versiones. El destino del bebé será tarea para otro tipo de reporteros, y mantendrá conmovida a toda una ciudad durante esta tarde y quizá la mañana siguiente, cuando otro reportero grabe una noticia más fresca.

Al salir del edificio, mi bicicleta ya no está esperándome. Tengo que caminar hasta mi casa. Vivo en un mundo sin oscuridad. Todo el día hay un indicador en mi retina que indica mi estatus de transmisión. Puedo bajar la intensidad del indicador, pero aun cuando duermo me hace compañía. Un foco amarillo y un zumbido, un murmullo. Con ellos duermo. Son mi familia cercana. Pero mis ojos pertenecen al mundo. Mi familia lejana abarca toda una ciudad. Aunque nadie me reconocería si se cruzara conmigo en la calle.

Hace varias semanas que no salgo. Con mi último cheque no tengo necesidad de andar buscando noticias. La privacía es un lujo para un hombre de mi condición. Varias veces al día un indicador amarillo se prende en mi ojo derecho y escucho una voz que me pregunta si tengo algo, que tienen un tiempo muerto y que hace varios días que no transmito nada. Simplemente no contesto. Cierro los ojos y me quedo callado esperando que entiendan que no estoy de humor.

¿Qué hago en mis días libres? Pues bueno, trato de no ver nada interesante. Leo revistas. Observo la ventana de mi cuarto. Cuento los cuadros del piso que hay en la sala. Y recuerdo cosas que no estén grabadas en una cinta mientras mis ojos apuntan al techo, que es de color blanco, quizás el color menos atractivo en una pantalla de televisión.

LOS ERRORES MÁS COMUNES DE UN REPORTERO OCULAR SE DEBEN A LOS REFLEJOS DE SU PROPIO CUERPO. UN REPORTERO TIENE QUE VIVIR BAJO UNA CONSTANTE DISCIPLINA QUE LE PERMITA EVITAR LOS REFLEJOS APARENTEMENTE INVOLUNTARIOS. NO HAY MAYOR MUESTRA DE INEXPERIENCIA Y DE FALTA DE CONTROL PROFESIONAL QUE UN REPORTERO QUE CIERRA LOS OJOS ANTE UNA EXPLOSIÓN, O EL REPORTERO QUE LLEVA LOS BRAZOS A LA CARA CUANDO UN RUIDO LO SOBRESALTA.

Hoy no es un buen día. Voy caminando por la calle y en todas las tiendas puedo oír la misma noticia. El síndrome de exposición continua a la electricidad, SECLE para los fanáticos de las siglas, parece estar causando estragos. El constante estímulo a las terminaciones nerviosas provocado por la electricidad y un medio ambiente constantemente cargado de ella, radiación de monitores y microondas, etcétera, etcétera, parecen afectar mortalmente a ciertos individuos. Me paro frente a un aparador y empiezo a grabar a un reportero que tiene a sus espaldas una pared de videos: Al parecer, el sistema nervioso central está tan acostumbrado a recibir estimulación electrónica externa que cuando ésta le hace falta, empieza a reproducirla, mandando constantes señales eléctricas a través del cuerpo sin ningún sentido y sin ninguna función, acelerando el ritmo cardiaco e hiperventilando los pulmones. Los ojos empiezan a parpadear y a veces la lengua empieza a moverse dentro de la boca. Incluso hay testigos que dicen que las víctimas de este síndrome pueden «hablar en lenguas», o que este síndrome «es lo que ha causado este tipo de experiencias en varios sujetos».

Aquí insertan tomas de varios individuos hablando en lenguas.

El reportero, con mirada seria y tratando de captar la atención, sigue caminando mientras en la pared de video aparecen imágenes de personas que sufren este tipo de síntomas. Las pantallas se llenan de imágenes de señores serios con cara de preocupación. Entrevistas a expertos, seguramente.

«Todavía nadie sabe a ciencia cierta la naturaleza exacta del síndrome. La comunidad mundial científica está en crisis. Hay quienes dicen que esto es tan sólo un rumor iniciado por los medios, que es simplemente otra enfermedad convertida en un evento por los medíos. Hay quienes dicen que el síndrome no es tan grave como parece. Pero también están aquellos que opinan que la civilización ha creado un monstruo del que difícilmente podrá escapar».

Las imágenes en los monitores cambian. Varios long shots de casas rústicas, rodeadas de árboles. La música cambia. Instrumentos acústicos. Una flauta y una guitarra.

«Pero ya hay varios centros de desintoxicación eléctrica en ambientes rurales. Casas de descanso en donde nada es eléctrico. Ésta es quizá la única posibilidad o esperanza que tienen aquellos sujetos que presentan los síntomas de este síndrome. Como siempre, lo último que muere es la esperanza en lo que quizá es la enfermedad 'artificial' más importante de este siglo. Hay quienes dicen que lo que fue el cáncer para el siglo pasado, el SECLE será para el nuestro».

Hay algunas tomas de estos lugares. Los pacientes miran las ventanas o las paredes, como esperando algo que saben que nunca va a llegar. Como esperando que la civilización cumpla una promesa, pero conscientes de que es imposible, pues ya todo el mundo ha olvidado lo que se había prometido.

El equipo para transmisión corporal es muy caro. Me lo regaló mi padre. Bueno, él no sabe qué fue lo que me regaló. Simplemente recibí un *e-mail* el día de mi cumpleaños número 18 que decía que había depositado en una cuenta a mi nombre quién sabe cuánto dinero; que yo tenía que decidir qué hacer con él y que después de gastarlo, estaba solo. Que ya no lo buscara.

Todavía guardo ese *e-mail* en mi disco duro. Es una de las ventajas de la era digital. La memoria se hace eterna y puedes revivir esos momentos cuantas veces quieras. Quedan congelados fuera de ti, y cuándo no sabes quién eres o de dónde vienes, unos cuantos comandos en tu computadora traen tu pasado al presente. El problema es que cuando el pasado sigue físicamente vivo en el presente, ¿cuándo llega el futuro?, ¿para qué quieres que llegue?

El futuro es una repetición constante de lo que ya has vivido, quizás algunos detalles puedan cambiar, quizá los actores sean diferentes, pero es lo mismo. Y cuando no lo has vivido, seguramente ya viste algo parecido en alguna película, en algún programa de TV o escuchaste algo parecido en una canción. Yo sigo esperando que mi madre regrese un día y que me diga que todo fue una broma; que nunca murió. Yo sigo esperando que mi padre cumpla su promesa y venga a visitarme al orfanatorio. Yo sigo esperando que mi vida deje de ser esta repetición interminable de días que se suceden sin nada nuevo que esperar.

Con el dinero pagué parte de mi operación. Legalmente la mitad de la operación la paga la compañía que tiene los derechos de mis transmisiones. Los doctores trataron de convencerme de que no me lo pusiera. Pero yo ya tenía más de 16 años, así que les dije que se dedicaran a hacer su trabajo. Necesitaba ganar dinero y sabía perfectamente que la suerte y la necesidad son extraños compañeros de cama. Tres días después, las terminaciones nerviosas de mis ojos y mis cuerdas vocales estaban conectadas a un transmisor que podía enviar la señal a los canales de video.

Ésa fue la última vez que tuve noticias de mi padre.

EL DETALLE MÁS IMPORTANTE QUE TIENE QUE CUIDAR UN REPORTERO OCULAR ES EVADIR LOS MONITORES CUANDO ESTÁ TRASMITIENDO EN VIVO. SI UN REPORTERO ENFOCA UN MONITOR QUE ESTÁ REPRODUCIENDO LO QUE ÉL ESTÁ TRASMITIENDO, SU SENTIDO DEL EQUILIBRIO SE VERÁ GRAVEMENTE AFECTADO Y EMPEZARÁ A SENTIR UN AGUDO DOLOR DE CABEZA. LA EXPOSICIÓN A ESTE TIPO DE SITUACIONES SE REGULA FACILMENTE EVITANDO HACER TOMAS DE MONITORES CUANDO SE ESTÁ TRASMITIENDO EN VIVO. ES IMPORTANTE ACLARAR QUE LAS TRANSMISIONES REFLEJO «ENGANCHAN» AL REPORTERO Y QUE HAY UNA ALTERACIÓN DE LOS ESTÍMULOS QUE VAN DEL CEREBRO HACIA LOS DISTINTOS MÚSCULOS DEL CUERPO, POR LO QUE A VECES ES CASI IMPOSIBLE DEJAR DE HACER CONTACTO VISUAL CON EL MONITOR. LA ÚNICA MANERA DE EVITAR ESTOS «ENGANCHES» ES MEDIANTE MOVIMIENTOS BRUSCOS DEL CUERPO O DEL CUELLO EN CUANTO SE HACE CONTACTO VISUAL CON LAS IMÁGENES QUE SE ESTAN TRASMITIENDO. INVESTIGACIONES RECIENTES INFORMAN QUE EXPOSICIONES DE LARGA DURACIÓN ANTE ESTOS *LOOPS* VIRTUALES PROVOCAN SÍNTOMAS PARECIDOS AL DEL SECLE. ESTA INFORMACIÓN TIENE COMO FUENTE EXPERIMENTOS RECIENTES Y LOS REGISTROS DEL CASO TOYNBEE.

El caso Toynbee es una leyenda imposible de olvidar para los que comparten mi profesión. Unos extremistas antimedia secuestraron a un reportero y vendaron sus ojos para que no pudiera transmitir nada. Cada dos horas transmitían sus opiniones ante una nación que miraba entretenida. Que los medios son la causa del deterioro moral de nuestra sociedad, que los medios están provocando la extinción de la individualidad, que miles de trastornos mentales se deben a que los seres humanos sólo pueden conocer la realidad a través de los medios, que la información está manipulada. Todo el paquete ideológico, tan completo como en uno de los panfletos que reparten en las calles. Es irónico pensar que quizás estos extremistas sean los únicos que sobrevivan si una epidemia como el SECLE acaba con la humanidad. Al fin y al cabo, siempre tratan de evitar la electricidad. No sé qué es lo que prefiero. Si seguir esperando que esta realidad mejore milagrosamente o que unos extremistas estúpidos controlen el mundo e impongan las leyes de «su» realidad. Lo único que se puede aprender de la historia de la humanidad es que no hay nada más peligroso que una utopía.

Bueno, como muestra y metáfora de sus críticas, amarraron al reportero, que trabajaba bajo el nombre de Toynbee, frente a un monitor. Inmovilizaron su cabeza y conectaron su retina al monitor. He visto miles de veces esas imágenes. Lo único que ven los ojos del reportero es un monitor dentro de un monitor dentro de un monitor hasta que el infinito parece ser una cámara de video que toma un monitor donde está reproduciendo lo que está grabando y no hay principio, no hay fin ni hay nada hasta que recuerdas que es un ser humano el que está viendo eso, que es lo único que puede ver y que eso le está produciendo un dolor de cabeza insoportable, como si alguien estuviera atravesando su cráneo con cables y alambres. Estas imágenes no eran suficientes. Para los que conocen lo que se siente engancharse, las imágenes eran dolorosas. Pero para aquellos que nunca habían sentido ese tipo de *feedback* las imágenes eran francamente aburridas. Los extremistas, conscientes de que estaban montando un espectáculo y que antes de poder transmitir ideas tenían que entretener al mundo, montaron una videocámara grabando el rostro de Toynbee y mandaban la señal a la misma transmisora a la que estaba conectado el reportero. En el canal sabían que no podían hacer nada para ayudar a Toynbee, puesto que estaba conectado directamente al monitor, y empezaron a transmitir ambas cosas: los monitores reproduciéndose hacia el infinito y el rostro de Toynbee. Los ejecutivos de la empresa dicen que habrían interrumpido la transmisión si hubieran tenido dudas sobre el origen del enganche, pero todos saben que eso no es cierto. *Ratings* son *ratings*.

Observar la cara del reportero es un espectáculo. Primero, algunos músculos de la cara empiezan a moverse, como si tuviera un tic. Al principio trataba de mover los ojos, de mirar hacia los lados, y junto al monitor estaba el tripié con la cámara grabando su rostro. Y en una mitad del monitor podías ver cómo el loop se rompía, y sólo veías un pedazo de televisión que reproducía una videocámara del lado derecho y la videocámara real en el otro extremo de la pantalla, como si la realidad no tuviera profundidad, sino lateralidad. Como si la realidad se repitiera infinitamente hacia la derecha y la izquierda. Pero el enganche podía más que su voluntad y poco a poco el reportero dejó de tratar de mirar a los lados. A veces el monitor mostraba cómo lo intentaba. Un paneo muy lento hacia la derecha o a la izquierda que retrocedía lentamente, como si ya no hubiera fuerzas en el músculo del ojo. Toynbee empezó a sudar. Poco a poco su rostro se convulsionaba más violentamente, llenándose de gotas cada vez más grandes, que luchaban contra la gravedad hasta que, al igual que los ojos del reportero, caían por el rostro convulsionado, vencidos. Cada gota seguía un recorrido diferente. Su rostro, iluminado por el monitor, parecía estar lleno de miles de monitores, pues la piel húmeda también reflejaba, distorsionado, el monitor que veía. Los espasmos musculares iban creciendo, y así como el sudor deformaba el monitor, las convulsiones alejaban cada vez más el rostro del reportero de lo que conocemos como humano. Ya no había momentos en los que pudieras ver normalidad en su rostro. Todo era movimiento y humedad, y unos ojos que miraban febrilmente, desesperados. Incluso a ratos, cuando recuerdo las imágenes, parecen estar concentrados, como si estuvieran descubriendo un secreto que no solamente hace que tu mente se extravíe, sino que provoca que tu cuerpo reaccione violentamente porque no es algo que los seres humanos deberían ver.

Unos minutos después, los ojos parecían no enfocar nada, pero seguían recibiendo la luz y transmitiéndola. Estaban vacíos, como los monitores. Siempre me ha gustado pensar que en ese momento lo único que podía ver el reportero era una imagen kitsch de su pasado. No sé, la fiesta de cumpleaños que su mamá le preparó, o algún día que actuó en una obra de teatro, o su primer beso o cualquier estupidez de esas que suelen hacernos felices. Ya no había voluntad en sus ojos, pero sus párpados estaban sujetados, así que su cuerpo y los fantasmas que ocupaban su cuerpo seguían funcionando. Varios músculos de su cara se atrofiaron y dejaron de funcionar, lo que alejaba más de lo natural el movimiento de su rostro. La toma continuaba así hasta que su cara dejó de tener expresión, sólo había punzadas y movimiento, expresiones que no correspondían al registro de las emociones humanas, posibilidades del rostro que dejaban de significar en el momento en el que desaparecían.

Hasta que su corazón estalló.

A veces, cuando estoy aburrido y voy en un camión de regreso a mi departamento, empiezo a grabar todo lo que veo. Pero entonces dejo de ver y permito a las máquinas hacer su trabajo. Entro en una especie de trance en el que mis ojos, aunque están abiertos, no observan nada, y sin embargo, cuando llego a mi casa, tengo un registro de todo lo que vieron. Como si no fuera yo el que vio todo eso.

Cuando veo lo que grabé, no me reconozco. Vuelvo a vivir todo lo que vi sin que me acuerde de nada. En esos momentos son mis sentidos los que están en *stand by*.

Hay verdades que se hacen evidentes al observar la realidad así.

Los pobres son los únicos feos. Los pobres y los adolescentes. Todo el mundo que tiene un poco de dinero ya cambió su rostro, ya tiene un rostro más agradable. Ya puso su cara, su identidad, a la moda. No se permite realizar este tipo de operaciones en los adolescentes porque su estructura ósea todavía está cambiando. Así que uno puede saber la posición económica o la edad observando la calidad del trabajo quirúrgico en los rostros. Vivimos en una época en la que todo el mundo, todos aquellos que se sienten bien de estar en este mundo, son perfectos. Cuerpo perfecto, rostro perfecto y miradas que te hablan de éxito, de optimismo, como si su mente también fuera perfecta y sólo pudiera pensar los pensamientos correctos. Hoy en día, la fealdad es un problema que la humanidad parece haber dejado atrás. Hoy en día, como siempre, los problemas de la humanidad se solucionan con buen crédito.

A veces me gusta pensar en la escena de mi suicidio. Una de mis opciones es conectar las terminales eléctricas de la cámara que tengo en mis ojos a un generador de electricidad para ir aumentando el voltaje poco a poco. Hasta que mi cerebro o mis ojos o la cámara estallen. Me emociona pensar en las imágenes que conseguiría.

O también podría preparar algo más crudo. Tomar un cuchillo y sacar mi ojo. Sacarlo de raíz. A veces pienso que preferiría no observar nada. Que prefiero un mundo en negros. Deshacerme de mis ojos. Aunque me demanden, aunque me tenga que pudrir el resto de mi vida en una cárcel.

Y mientras me decido, me siento solo en mi casa, esperando.

Esperando que se cumpla una promesa...

Amanecí con ganas de salir a la calle para encontrar algo interesante. Llevo varias horas caminando sin rumbo fijo. Es un día agradable. Empiezo a escuchar gritos al final de la calle y salgo corriendo hacia allá. Es una farmacia. Aprieto el botón y mi indicador pasa de amarillo a verde. Me detengo a varios metros de la entrada e informo. «Gritos en una farmacia, no sé qué es lo que está pasando, voy a averiguar». Doy el tiempo necesario para que se establezca la escena y empiezo a acercarme lentamente. Mucha gente está saliendo de la farmacia, corriendo. La historia de mi vida. Donde nadie quiere estar, ahí voy yo. Es difícil entrar. Trato de tomar varios rostros de las personas que se atropellan para salir. Caras de desesperación. Caras de miedo. La luz roja se enciende. «Estoy en una farmacia, la gente está tratando desesperadamente de salir del local. No se han escuchado disparos». Tengo que empujar a varios individuos hasta que logro pasar la puerta y me acerco al lugar del cual todos se alejan. «Parece que hay un sujeto tirado en el piso». Alrededor de él hay varias personas que utilizan uniforme. Probablemente los empleados de la tienda. Me detengo un momento para establecer la toma. Detengo a un empleado que parece querer ir hacia afuera, lo miro a los ojos. Está tan asustado que no se da cuenta de que estoy transmitiendo. «¿Qué es lo que sucede?» «El tipo estaba ahí parado, tomando algo de los estantes, de repente se cae y se empieza a convulsionar. Está infectado...» El tipo me empuja y mueve mi toma. Carajo. Me acerco al cuerpo. Cada vez hay un círculo más grande a su alrededor. Paso a estas personas y tomo al sujeto de cuerpo entero, tirado en el piso, convulsionándose. Está tragándose la lengua. Me acerco y me hinco junto a él. Me mira desesperadamente cuando su cabeza no da tirones involuntarios. Toynbee. Tiene las mismas facciones. «Este sujeto estaba realizando compras en la farmacia cuando sufrió un ataque». El tipo voltea a verme, se da cuenta que hay un foco rojo prendido en mi retina y empieza a reírse. Sus carcajadas se empiezan a mezclar con sus convulsiones y llega un momento en que no se puede distinguir su risa de su dolor. Trato de sostenerlo en mis brazos, trato de tocarlo para calmarlo, pero no tiene ningún efecto. Veo en su ojo izquierdo un foco rojo. El tipo está transmitiendo. Lo suelto y su cabeza golpea el piso fuertemente. De la nada, el tipo parece ahogarse. Se estremece dos veces y se queda quieto, mirándome. Escucho en mi cabeza: «Di algo, menciona algo sobre el SECLE, habla, carajo, es tu trabajo».

El reportero está inmóvil, la cámara en mis ojos registra un pequeño punto rojo que sigue vivo adentro de los suyos. Probablemente hoy aparezca mi rostro en los monitores.

Dos días después, mi noticia ya no es noticia. Parece que cada día se están reportando más ataques del síndrome. 40% de las víctimas son reporteros. Recuerdo el SIDA y la homofobia que despertó. Al parecer, nos toca a los reporteros vivir en temor. No sólo de morir, sino el temor a los demás. ¿Mediafobia? ¿Cómo nombrarán a este efecto?

El ciudadano común (y créanme, todos son comunes) todavía no logra entender que el síndrome no se transmite por contacto corporal. Todos huyen cuando ven caer a alguien deshaciéndose en convulsiones. Todavía no se pueden hacer a la idea de que el cuerpo ya no es el factor importante. Viven bajo la ilusión de que si los tocan se infectarán. Es como un virus fantasma que no se puede localizar, que está en el aire, en la calle, en donde quiera que camines, pero que en realidad no existe. Es un virus virtual. Y es una enfermedad a la que estamos expuestos por vivir en este mundo. Es la enfermedad de los medios, del entretenimiento barato; es la enfermedad de la civilización. Es nuestra penitencia por haber pecado de mal gusto.

EL REFLEJO AL ESTÍMULO DEL INDICADOR ES EL ARMA PRINCIPAL QUE DEBEN TENER TODOS LOS REPORTEROS QUE ESTEN DISPUESTOS A TRASMITIR EN VIVO. EL ESPECTADOR SÓLO PUEDE VER A TRAVÉS DE SUS OJOS EN EL MOMENTO EN QUE LA LUZ ROJA SE PRENDE EN LA RETINA. TODO MOVIMIENTO, TODA ACCIÓN DE PARTE DEL REPORTERO DEBE ESTAR PERFECTAMENTE PLANEADA. NO PUEDE HABER ERRORES. LAS TOMAS FRONTALES SON LAS MEJORES. SIEMPRE HAY QUE CONSEGUIR TOMAS DEL ROSTRO DEL SUJETO, PARA PODER ESTABLECER UNA IDENTIFICACIÓN ENTRE EL SUJETO Y EL ESPECTADOR A TRAVÉS DE LA CÁMARA CONECTADA A LAS TERMINACIONES NERVIOSAS DEL OJO. EL REPORTERO TIENE UNA FUNCIÓN DE MEDIUM, POR LLAMARLA DE ALGUNA MANERA. SÓLO ES EL PUNTO DE CONTACTO ENTRE LA ACCIÓN QUE REALIZA UN SUJETO Y LA REACCIÓN QUE TENDRÁN MILES DE ESPECTADORES EN SU CASA. EL REPORTERO DEBE ESTAR SIN ESTAR. EXISTIR SIN SER NOTADO. ESTE ES EL ARTE DE LA COMUNICACIÓN.

La cortinilla de entrada del programa en el que más transmito es así: todas las tomas están deslavadas, como si fueran grabaciones hechas en un formato familiar antiguo, como si no tuvieran la calidad necesaria para transmitirse y ésa fuera la excusa para deslavarlas en tonos grises que después se convertirán en rojos. Primero hay una toma subjetiva de una operación estomacal, y los doctores voltean a hablar hacia la cámara y todo el mundo sabe que es la cara del que está siendo operado. Después hay una toma con mucho movimiento de un tiroteo en el centro de la ciudad, hasta que uno de los que están disparando voltea a ver a la cámara y aprieta el gatillo, la toma se sacude y parece que va cayendo al suelo. Todo empieza a inundarse de un líquido rojo que va llenando el lente. El ritmo empieza a acelerarse. Una toma desde el punto de vista de un conductor que choca contra un camión escolar. Una contrapicada de un sujeto que se avienta desde un edificio (siempre he pensado que parece un clavadista). El sacrificio de una vaca en un rastro. El asesinato de un político. Un accidente industrial donde un tipo pierde un brazo. Tomas de explosiones en las que incluso el reportero sale volando. Un secuestro en un avión, donde el terrorista dispara en la cabeza de un pasajero. Y así sucesivamente. Las imágenes van pasando cada vez más rápido hasta que ya casi no se distingue lo que pasa, sólo se ve movimiento y sangre y más movimiento de formas que ya no parecen tener referente humano hasta que empiezan a adquirir un orden, y puedes empezar a ver líneas rojas, amarillas y grises que parecen bailar rápidamente y dejan la impresión retinal de un círculo en medio de la pantalla donde las líneas se concentran. Una explosión detiene el ritmo y en el círculo se forma el logotipo del programa: Rojo Digital.

Bienvenidos al entretenimiento popular del joven siglo XXI.

¿Qué voy a estar haciendo en 20 años? ¿Voy a seguir caminando por las calles para poder transmitir noticias? No es un futuro agradable. Pertenecer a la industria del entretenimiento provoca una peste existencial. Todavía hay quienes le llaman periodismo, pero todo el mundo sabe que las noticias no sirven para informar, sino para entretener. Mis ojos provocan que comulgue con multitudes. Miles de personas ven a través de ellos para poder sentir que su vida es más real, que su vida no está tan podrida y agusanado como la de las personas a las que yo veo. Yo soy el guante social con el que ellos se pueden enfrentar a la realidad. Yo soy el que se ensucia y evito que su vida huela mal. Yo soy un buitre que utiliza la desgracia ajena para sobrevivir.

Cuando uno se acerca a un espejo, uno no puede ver sus dos ojos al mismo tiempo. o ve el derecho o ve el izquierdo. Mientras más te acercas a tu imagen, más se distorsiona y sólo puedes observarte parcialmente. Ocurre lo mismo con un monitor. Uno no está ahí. Uno es un desconocido que se mueve de una manera que no reconoce como suya. Que habla con una voz que no suena como la suya. Que tiene un cuerpo que no responde a la idea que uno tiene de él. Uno es un extraño. Verse en un monitor es darse cuenta de todo lo que no conoces de ti y de lo mucho que eso te disgusta.

Si quisiera un efecto más dramático, podría engancharme como Toynbee. Conectarme a un monitor en directo y empezar a transmitir. Observar cómo la realidad se compone de monitores cada vez más pequeños, y que por más esfuerzo que hagas no puedes encontrar nada dentro de esas pantallas, sólo otro monitor que tampoco tiene nada adentro, y perder la razón al darme cuenta que ése es el significado de la vida. Olvidarme por completo del control de mi cuerpo.

Dejar que mis ojos sangren.

EL TIEMPO DE TRANSMISIÓN DE UN REPORTERO OCULAR ES PROPIEDAD DE LA COMPAÑÍA QUE FINANCIÓ SU OPERACIÓN. LA CLAUSULA 28 DEL CONTRATO STANDARD ESTABLECE QUE SEIS HORAS DE CADA DÍA DE UN REPORTERO SON PROPIEDAD DE DICHA COMPAÑÍA.

Atentado terrorista en una tienda departamental. Odio las tiendas departamentales. Casi todas están adornadas con monitores que aleatoriamente cambian de canales. Es fácil engancharse. Hay que tener cuidado. La policía apenas está llegando. Estoy a punto de transmitir, pero decido no avisar a la central de programación. Como siempre, busco una puerta de emergencia. Un gerente se dedica a tratar de quitarle las cosas de la tienda a los consumidores que están aprovechando la emergencia para ahorrarse unos cuantos pesos. El gerente está tan ocupado que ni cuenta se da cuando lo empujo. Se cae y varias personas salen rápidamente con las cosas que se están robando. Una viejita de 60 años lleva en sus manos un vestido rojo y sonríe amablemente cuando sale. Entro a la tienda y me voy escondiendo tras los anaqueles de ropa. Subo al tercer piso por las escaleras de emergencia, que están vacías. No sé si los terroristas están aquí adentro o si simplemente dejaron todo en manos de una bomba. Esquivo a varios agentes de la compañía privada de seguridad que cuidan la tienda. Todavía no quiero que me vean. Uno de ellos encuentra a un ladrón y él y su compañero lo patean en el piso. El tipo está sangrando y llorando. Todo el mundo trata de tomar ventaja en una situación de emergencia. Los dos agentes se van y dejan al consumidor ahí tirado. Bendito sea el capitalismo. Paso a la sección de dulces y el olor me marea. Nunca he entendido cómo es que alejan a las moscas de los departamentos de dulces. Oigo unas voces y me escondo. Empiezo a oír un zumbido y golpeo débilmente mi cabeza. Pero el sonido no viene de ahí. El zumbido está a mi derecha. Me arrastro hasta llegar a un cajón que abro cuidadosamente. Hay un aparato sofisticado, con un reloj que se apresura a llegar al cero en una cuenta regresiva. Tengo poco más de un minuto, así que salgo corriendo. Me olvido de transmitir y de cualquier otro detalle. Cuando siento que estoy a suficiente distancia, me doy la vuelta y aprieto un botón, está en verde. Veo que los dos agentes de seguridad se acercan a la sección de dulces. Volteo rápidamente la cabeza. Les voy a gritar que se alejen cuando escucho una voz en mi oreja. «¿Dónde chingados estás? Endereza la toma, muestra algo que podamos transmitir, ¿estás en la tienda?» Corrijo la toma lentamente, enderezo mi cabeza en un paneo lento mientras veo cómo el indicador rojo se prende en mis ojos. Alcanzo a ver a los dos agentes de seguridad en la dulcería. Me obligo a no parpadear y la bomba explota. La flama es tan caliente y los colores tan espectaculares que por primera vez en mucho tiempo me olvido del indicador rojo que habita en mi cabeza. Calculé mal. La fuerza de la explosión me levanta y vuelo varios metros en el aire. No soy un cuerpo, soy una máquina que vuela por los aires, cuya única finalidad es grabar y grabar y grabar para que todo el mundo pueda ver lo que no les gustaría vivir. La ropa se incendia, los mostradores se deshacen, hay miles de objetos volando. Algunos me golpean, pero yo trato de mantener la toma lo más fija que se pueda. Todo en el nombre del entretenimiento.

Golpeo fuertemente contra una pared y trato de sostener mi cabeza para que pueda registrar el incendio.

Por primera vez me siento a gusto en una tienda departamental. Todo es llamas, todo es cenizas. Los vestidos de moda alimentan el fuego. Los perfumes lo hacen crecer. El espectáculo es inimitable. La civilización destruyéndose. Estoy en una tienda de departamentos, uno de los logros más gloriosos de la civilización. Veo un letrero que se empieza a quemar. El letrero dice: «Feliz día del padre». Promesas, promesas...

Me levanto y me duele todo el cuerpo. Camino hacia la salida. Una voz en mi cabeza está gritando: «¿A dónde chingados crees que vas? Necesito tomas fijas, necesito que hables; cuéntale al mundo tu experiencia. No seas imbécil, no todos los días grabas una explosión, ¿a dónde crees que vas?»

Y continúa así hasta que estoy a tres cuadras del atentado.

Hoy crucé una línea. No sé y no me importa si yo maté a los agentes de seguridad. Una cosa es hacer reportajes de cosas que pasan y otra es provocar que lo que pase sea un poco más espectacular.

¿Qué eran los agentes de seguridad? Eran elementos gráficos para que mis tomas fueran más agradables. Eran elementos miméticos que provocarían que la audiencia se pudiera identificar. Eran elementos dramáticos para hacer más interesante la historia que yo tenía que contar. Eran escenografía.

Hoy crucé una línea y no quiero pensar en nada. Todo el cuerpo me duele.

Situaciones como éstas me hacen pensar en la urgencia de mi suicidio. Por lo menos así podría decidir algo y no dejar que el destino me tome la delantera,. El suicidio es el acto más elaborado de la voluntad humana, es quitarle de las manos al mundo el manejo de tu destino.

Ayer estaba arreglando varios *ksts* de mis grabaciones. Me encontré con un programa de mis héroes de antaño. Los reporteros de intervención. *Crazies*, como les dicen los medios extranjeros. Apreté el botón de *play* y me senté a verlos. Hay gente muy estúpida en este mundo, como un reportero que después de hacerse encarcelar empezó a insultar a los policías para que lo golpearan. Grabó todo. Las tomas son especialmente logradas, pues la mitad del tiempo está en el suelo, tratando de hacer contacto visual con los rostros de los policías que no hacen otra cosa más que golpearlo. Hay quienes lo consideran un héroe. Pero siempre que ves los rostros desfigurados de los policías golpeándolo, no puedes dejar de pensar en lo ridículo de la situación. El reportero está ahí porque decidió hacerlo. Bien hecho, amigo, mejorar los *ratings* de tu compañía. También vi la famosa operación de cabeza de Grayx, uno de los mártires del entretenimiento. El reportero, tratando de hacer un comentario sobre la despersonalización del cuerpo, aceptó someterse a una cirugía en la que iban a quitarle la cabeza, conectándola mediante cables especiales a su cuerpo. El tipo se la pasó narrando toda su operación, iba describiendo lo que sentía, mientras conectaban su cabeza a su cuerpo, sólo que con cables que permitían que estuviera a cinco metros de distancia. Esto es probablemente uno de los momentos más importantes de este siglo. Cuando acaba la operación uno puede ver en una toma subjetiva el cuerpo sobre el quirófano y cómo Grayx le ordena que se pare. El cuerpo se para y empieza a tropezarse, porque la cabeza que está mandando las instrucciones tiene una perspectiva extraña. El cuerpo avanza lentamente hasta la cabeza y la recoge ' la voltea para que los ojos (y la cámara) observen hacia la dirección en la que va caminando, y en estos momentos el espectador ya no sabe quién da las instrucciones, si el cuerpo o la cabeza. La toma en sus brazos como un bebé y se para enfrente de un espejo, donde se puede ver un cuerpo degollado sosteniendo la cabeza en sus brazos. La cabeza no parecía estar muy cómoda, pues estaba un poco inclinada y no había la suficiente coordinación como para ponerla derecha, así que todas estas tomas no mantienen un orden horizontal. Grayx está hablando de la desorientación, de las posibilidades que esta cirugía abre, de qué pasaría si en vez de cables se utilizaran controles remotos, de lo maravilloso que es el mundo moderno mientras sus brazos tratan de enderezar su cabeza y él voltea constantemente los ojos hacia atrás y hace muecas de esfuerzo., tratando de hacer que su cuerpo haga lo que él dice, pero sin poder controlarlo.

Este programa siempre me trae recuerdos curiosos. Yo tuve sexo por primera vez después de verlo con una amiga de prepa. Estábamos en su casa viendo la transmisión. No había nadie. Yo no sé cuánta gente habrá tenido relaciones sexuales después de la inauguración de la primera colonia lunar o cuando se transmitió el asesinato de Khadiff, el líder terrorista musulmán, o en cualquier otro punto clave en la historia de nuestro siglo que ha sido televisado, pero les puedo decir que es una experiencia inolvidable. El ver a un hombre con el cuerpo separado de su cabeza el mismo día que te haces consciente de cómo tu cuerpo se puede unir a otro cuerpo y convertirse en uno solo es algo que no se olvida fácilmente. Cada vez que lo veo tengo recuerdos agradables.

Grayx está ahora internado en un asilo. Parece que la tecnología que estaba ayudando a desarrollar provoca un desequilibrio mental. Parece que un hombre necesita la unidad de su cuerpo para mantenerse cuerdo. Grayx perdió contacto con la realidad y dicen que ahora vive en un mundo imaginario. Tenía tanto dinero que construyó un medio ambiente virtual para conectarlo a su retina, y es lo único que le permite seguir vivo.

No he podido sentirme bien después de la explosión. Tengo fuertes dolores en la base del estómago. Ayer hablé para que depositaran el cheque en mi cuenta. Parece que no voy a tener problemas por lo de los agentes de seguridad. Hacer noticias con tu propio cuerpo, como lo hacen los *crazies*, es perfectamente legal, pero hacer noticias a expensas de los derechos de otros individuos puede provocar que te pases el resto de tu vida en una prisión.

Voy al baño y empiezo a orinar. Volteo a ver el agua y mis orines están llenos de sangre. Empiezo a escuchar voces al mismo tiempo que un botón verde se prende en mi retina.

Yo que tú iba inmediatamente a un doctor. Ese tinte rojo en tu orina no se ve nada saludable.

Déjame en paz.

No puedo, llevas dos días sin hacer nada absolutamente. Ya sabes como es esto de los contratos. Además, no seas malagradecido. Sólo hablaba para decirte que tu cheque ya está depositado. Quizá cuando veas tu saldo te pongas de mejor humor. Los *ratings* fueron realmente espectaculares.

Varias veces he bajado por los drenajes de la ciudad tratando de comprobar una de las leyendas urbanas más antiguas. Hay miles de rumores que hablan de que en las partes más profundas de las tuberías subterráneas hay comunidades humanas. Muchos dicen que son *freaks*, mutaciones. Que los párpados cubren eternamente sus ojos, que su piel es tan blanca que no soportan el sol ni las luces de las linternas que utilizan todos los que bajan a buscarlos. Una nueva raza, que ha crecido a partir de nuestros desechos.

Una sociedad que no utiliza los ojos. Que no se tiene que ver para reconocerse. Sus expectativas de comportamiento deben ser más extrañas. Se tienen que tocar, se tienen que escuchar. No tienen que parecerse a nada ni a nadie. Otro mundo, otros seres.

Siempre que bajo en mis excursiones utilizo unos anteojos infrarrojos y llevo linternas de muy baja intensidad. He bajado más de 10 veces y las 10 veces no he podido encontrar nada. Ni mutantes, ni *freaks*, ni una raza subterránea que ofrezca algo nuevo a la humanidad, algo diferente a lo que sale en la televisión.

Sólo estoy yo allá abajo.

Ayer en la noche mi brazo derecho empezó a convulsionarse. No podía hacer nada para detenerlo. Mis dedos se abrían y se cerraban como si estuvieran tratando de tomar algo, de aferrarse a algo.

Quizá prefiera una salida menos espectacular. Conseguir un tanque de gas, sellar una habitación y quedarme dormido...

No se puede lograr que el ser humano deje de parpadear, pero si se puede prolongar el intervalo de tiempo entre un parpadeo y otro. Los reporteros están sujetos a ejercicios para lograr este control. Además, la operación que se realiza en sus ojos está programada para estimular las glándulas lacrimales y que los ojos no se sequen tan fácilmente, por lo que los reporteros pueden permanecer con los ojos abiertos más que el individuo común y corriente.

En el ojo hay sensores que al detectar el movimiento en el músculo de los párpados «queman» la última imagen que el ojo ha visto, y al caer el párpado esta es la imagen que se trasmite. Cuando el párpado se levanta, la grabación continúa. Este error necesario del funcionamiento del cuerpo humano ha provocado que microsegundos de momentos memorables en la historia de la TV en vivo se hayan perdido para siempre.

Una noticia más espectacular, un *stunt* más arriesgado. Siempre quieren algo más. Más drama, más emociones, más personas llorando enfrente de mi cámara, enfrente de mis ojos. No quiero pensar, no estoy hecho para pensar, sólo para transmitir. Pero en cada transmisión siento que hay algo que pierdo y que no volveré a recuperar. Lo único que escucho en mi cabeza es más, más, más.

También podría tomar todas las cosas a las que me une algún afecto, llenar una bolsa pequeña, acercarme a un drenaje y empezar a bajar, pero esta vez sin luces. Vagaría por días enteros, tendría que empezar a comer ratas e insectos, a beber el agua del drenaje. Quizá pasaría el resto de mi vida caminando por los túneles que forman un laberinto bajo esta ciudad, pero por lo menos estaría buscando algo. O quizás encontraría una nueva civilización. Aunque no me aceptaran, aunque me mataran por traer influencias externas, sería reconfortante saber que existen opciones en este mundo. Que hay alguien que tiene posibilidades que nosotros ya perdimos hace siglos. O quizá me aceptarían y podría vivir años y años sin tener que preocuparme, haciendo tareas manuales, encontrando una nueva rutina. Ser lo que pienso que puedo ser y no lo que soy.

Quizás, quizás...

Éstas son las voces en mi cabeza:

«Hay un incendio, ¿no quieres darte una vuelta? El fuego y los *ratings* son buenos amigos».

«Robo a mano armada, un carro negro, sin placas, no saben el modelo, consigue unas tomas».

«Éste es bueno, pleito entre amantes, ella estaba haciendo un pastel, le deshizo la cara con la batidora. El novio, un poco alterado, decidió que la iba a meter al horno en vez del pastel. Los vecinos avisaron, parece que no pasó a mayores. Buen material para comedia».

«¿Quieres platicar? Es una noche lenta y no tengo nada que hacer, están retransmitiendo partidos de la temporada pasada».

«Otro suicidio familiar. En el metro, una madre con sus tres hijos».

Y así continuamente.

Todo el mundo está en la TV. Cualquiera puede ser una estrella. Todo el mundo actúa y se prepara a diario porque puede que hoy encuentre una cámara que haga que todo el mundo se entere de lo agradable, guapo, simpático, atractivo, deseable, interesante, sensible y sencillo que es. Lo humano que es. Y todo el mundo ve a todas horas a muchas personas que están en las cámaras tratando de ser así. Así que esas personas deciden imitarlos. Y crean imitadores. Y el mundo es sólo aparentar que te pareces a alguien que estaba haciendo una imitación de otra persona. Todo el mundo vive a diario como si estuviera en un programa de TV. Ya no hay nada real. Todo está por verse, y lo que veremos es una repetición de lo que hemos visto antes. Estamos atrapados en un presente que no existe. Y si los que son transmitidos no existen, ¿qué pasa con los que transmitimos? Somos objetos, somos desechables. Por cada reportero que muere trabajando o que muere de SECLE, hay dos o tres niños estúpidos que piensan que ésa es la única manera de encontrar algo real, de vivir algo emocionante. Y todo vuelve a empezar.

Siempre trato de no platicar con los directores de programación. Normalmente son unos imbéciles. Su trabajo es fácil y nos utilizan como cámaras a control remoto. Normalmente ni siquiera les pregunto sus nombres. No tiene caso. A quién le interesa conocer más gente. No hay muchas cosas diferentes bajo este sol. Todo es una repetición, todo es una copia.

Sólo hay un director de programación que me conoce un poco más íntimamente. Su clave es Rud, no sé cómo se llama. Lo conocí (bueno, lo escuché) cuando tomaba. Lo que quiere decir que trataba de emborracharme hasta el punto en el que no tuviera que pensar, en el que no tuviera que desear. Quería que el alcohol me llenara de tal manera que yo no tuviera que tomar decisiones. De manera que cualquier decisión que tomara fuera culpa del alcohol y no de mí. «Es que estaba borracho».

Extraño mucho el alcohol.

El alcohol y mi profesión no son buenos amigos. En mi cuerpo tengo equipo que es también propiedad de una corporación, así que me pueden demandar si daño voluntariamente la maquinaria. Además, no es raro que los directores de programación graben tus borracheras y luego las usen para extorsionarte. Incluso algunos las programan al aire. Una vez programaron a dos tipos que me estaban golpeando porque los había insultado. Me acuerdo que pensaba que lo único bueno era que mi cara no sale al aire; que pueden transmitir todo lo que hago, pero que nadie me ve, nadie puede reconocerme. El anonimato es un arma de dos filos.

Rud me dice «el Desencantado», pues tampoco sabe mi nombre. Es más fácil conversar con alguien así. Te quitas de problemas, y también de compromisos. Bueno, resulta que este tipo estuvo oyendo uno de mis discursos de alcohol. Durante toda la noche estuvo escuchándome pacientemente. Quejándome, llorando, riendo. Caminé más de cinco kilómetros. Lo único que hacía era pararme en licorerías y comprar otra botella más. Quería olvidarme de todo, así que cada vez la bebida era distinta. No quiero ni acordarme de todas las estupideces que dije. Si alguien tuviera un poco de sentido del humor podría llamar a esa noche «Oda al padre», porque me la pasé hablando de él. Incluso hubo un buen rato en el que le pedí a Rud que actuara como si fuera mi padre y yo le reclamaba cosas, le gritaba y le escupía. Mi padre estaba dentro de mi cabeza. Llegó un momento en que empecé a golpear mi cabeza contra una pared. De eso no tengo memorias reales. Resulta que Rud reconoció la calle donde estaba y llamó a los paramédicos para que me llevaran a mi casa. Me tuvieron que dar ocho puntadas en la frente. Ni la cirugía moderna evitó que me quedara una cicatriz.

A los cinco días me llegó un paquete sin remitente. Había una tarjeta que decía «Saludos, Rud». Ahí estaba la nota de los paramédicos. También había un videocassette. Rud grabó toda mi borrachera.

A veces, cuando tengo ganas de tomar, pongo el videocassette y lloro un poco. Así no hay manera que me engañe, todo está grabado, no puedo mentir. No hay ilusión, soy yo.

A veces, pero no siempre, logro sentirme mejor después de verlo.

Me gustaría subir al edificio donde hice mi primera transmisión. Acomodaría dos cámaras externas, una en *long shot*, otra en *medium shot*. Me acercaría al borde del edificio, dando la espalda a la calle para que las tomas fueran frontales, y apretaría el botón de mi muslo. Alguien me regañaría por pensar que las azoteas son noticia hasta que les llegara la señal de las otras cámaras y se dieran cuenta de lo que voy a hacer.

De pronto, una luz roja iluminaría mi mirada. Pensaría en varias cosas. Desearía que mi padre pudiera ver esto. Pero no sería importante, mucha gente lo vería desde la comodidad de sus casas. Es lo mismo. Soy hijo de todos.

Limpiaría mi garganta para transmitir algo de viva voz, pero me quedaría callado, ¿qué más se puede decir? ¿Qué puedo decir que no lo haya dicho alguien antes mejor que yo?

Miraría a las cámaras y después hacia el cielo, donde dicen que antes habitaban dioses que soltaban plagas entre la humanidad. En el cielo no encontraría nada.

El viento empezaría a soplar, y mis cabellos estorbarían a la cámara que está en mis ojos.

Daría un paso hacia atrás y empezaría a caer.

Y quizá, solamente quizá, me olvidaría del zumbido por primera vez.

ÍNDICE

YONKE

Ella se llamaba Sara 9

Y de pronto 27

El deseo y su cura 35

El que acecha en la oscuridad... 53

Conversaciones con Yoni Rei 61

Estrangulación con cuerda, 27.9*43.2 75

Para-Skim 81

RUIDO GRIS 93

Esto es un artefacto del milenio pasado. Por debajo de la línea de los 30. Por alguna extraña razón, se ha negado a morir. Esta edición conserva casi todos los errores de las primeras, salvo aquellos que el autor consideró demasiado vergonzosos. Se decidió mantener los datos técnicos sobre medios muertos (como videocaseteras y cd's) para conservar la atmósfera noventera.

La primera edición de *Yonke* corrió a cargo de Times Editores en 1998, y agradecemos tanto a José Luis Trueba, su director, como a Bernardo Fernández, el director de la colección y diseñador, por haberla publicado. *Ruido gris* fue publicado originalmente en 1996 por la UAM. Agradecemos a la difunta AMCYF, que junto con la UAM organizaba el Premio Kalpa de ciencia ficción, certamen del cual "Ruido Gris" fue ganador. "El que acecha en la oscuridad" ganó el Premio Mensajero de cuento de Horror en 1996. "Del deseo y su cura" recibió mención honorífica en el Premio Nacional de Cuento "Criaturas de la Noche" en 1997.

Estas historias no podrían haber sido contadas sin la ayuda, influencia y apoyo del grupo que constituyó Editorial Pellejo/Molleja en los noventa: Deyanira Torres, Bernardo Fernández, Nacho Peón, Mónica Peón, Norma Lazo, Rodrigo Cruz, Joselo Rangel y Ricardo Mejía Malacara. Casi todas las historias que aquí aparecen vieron la luz en publicaciones en las que ellos colaboraban. Tampoco habrían sido posible sin la ayuda de Arcelia Nogueira. Ni la de los padres del autor, Carmen Solis y Pepe Rojo, ni la de sus hermanos Luis, Daniel y Careli; ni la de sus tíos Gabriel, Víctor y Paco, o la de Bartolomé Ramírez. Mi agradecimiento para todos ellos, independientemente de su localización geográfica y/o metafísica.

Para esta edición POD, agradezco a Javier Fernández y Xavier Vilaplana por la inspiración y la ayuda para navegar CreateSpace.

En esta edición, las cabezas están en Masterplan de Billy Argel, el cuerpo del texto en IM Fell French Canon de Igino Marini. Los textos del Manual de reportero ocular están en Patinio Futura de El Factor Vector.

Made in the USA
Charleston, SC
30 October 2012